弱水

于刀鞘
Yu Dao Qiao
著

长江出版社

必点招牌菜

第一章
初遇 001

第二章
帮忙 024

凉菜

第六章
旧事 115

第七章
新生活 136

海鲜类烧烤

第三章
朋友 050

第四章
蹭饭 072

第五章
看电影 093

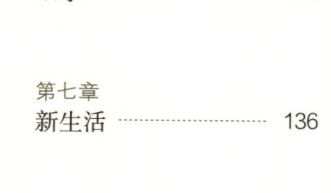

老 | 宋 | 烧 | 烤

目 Contents 录

素菜烧烤

番外一
气球 ………… 159

番外二
上班 ………… 164

主食

番外三
梦 ………… 169

番外四
信 ………… 174

酒水

番外五
沈乘风 ………… 176

番外六
养鹅基地 ………… 239

| 宋怀文 |

|尧 驯|

陈年旧事是抹不掉的烙印，
但遇见尧驯后，宋怀文没有再怕过冷。

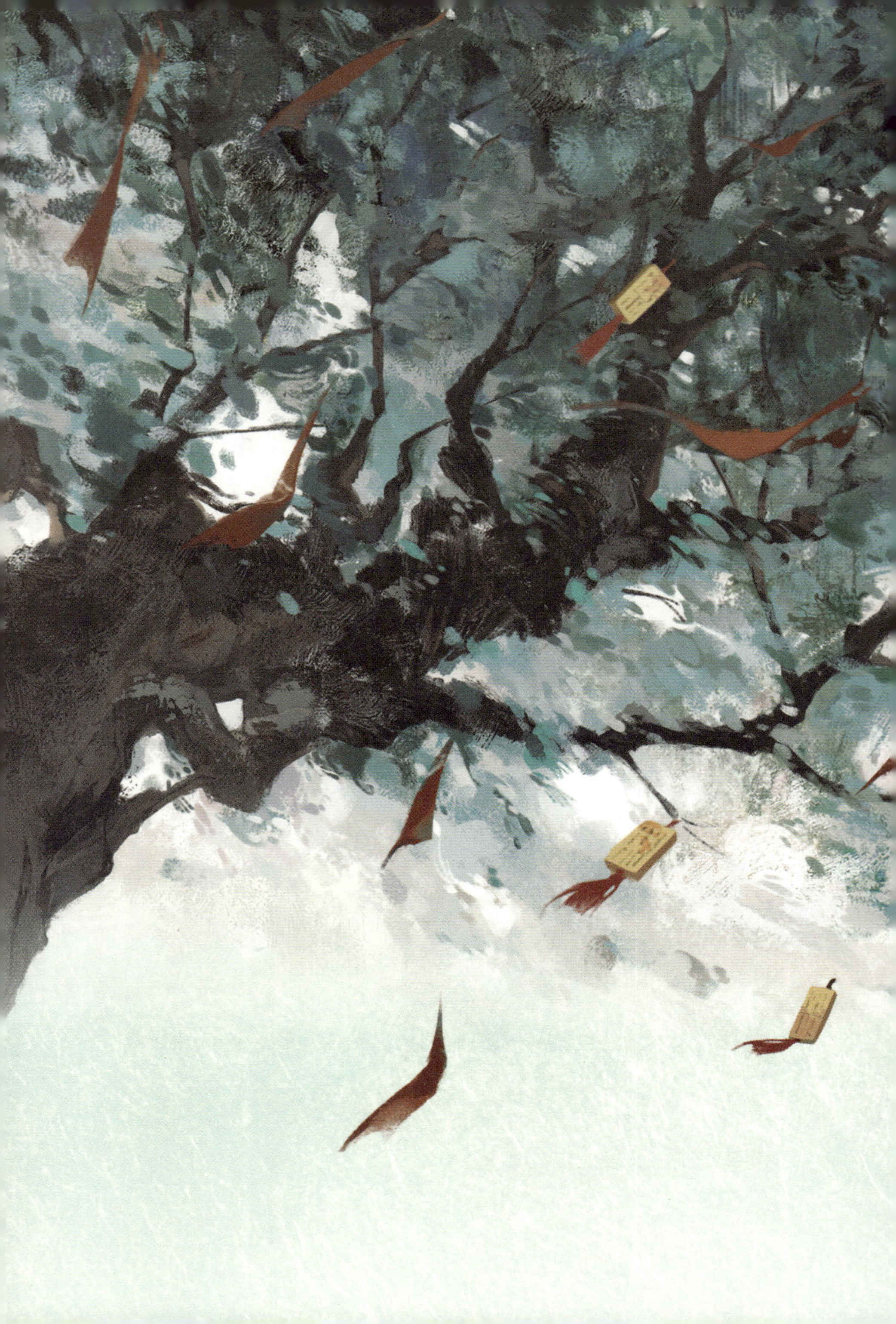

尧驯总是能让他意想不到，
还是以这样一种跌跌撞撞、别开生面的方式来见他。
或许有些狼狈，但自带笨拙与真诚，
像暗沉天际里一道破晓的微光，一点儿就足以驱散黑暗。

宋怀文在这么一刹那

明白了自己的新生活已经开始。

一切都焕然一新。

第一章
初遇

尧驯最近又发了一笔横财。

有一个富商看上他名下一块不好不坏的地皮，直接大刀阔斧地问他："八千万，卖不卖？"

尧驯想也没想就答应下来。天上掉馅儿饼的事可不是年年都有。

他当天早上吃完豆浆泡油条，中午就骑着单车到先前约好的咖啡馆和富商碰面。

两个人话不投机半句多，签字、给钱，一切按程序来走。

富商多年没有见过做生意如此粗糙、不拘小节，一点儿脸面儿都不要的年轻人了。

奈何这年头儿谁会和钱过不去？

富商实在没忍住，语气古怪地说："尧总，您选这个地方来谈生意，我也不多说什么了，但您都有一家那么大的公司了，怎么就不买辆车呢？"

"自行车低碳环保。我就坐不惯四个轮子的车，碰上堵车的话，四个轮子的还真没我这两个轮子的利索。"

尧驯笑得很灿烂，一抬头两个人四目相对，显得中年富商油腻肥硕的脸格外难看。

尧驯坐在那儿很淡定，模样别提多养眼。他眉眼精明，五官锐利，像只擅长窥视的鹰，见人三分笑也不招人厌，高鼻薄唇，长得耐看又俊朗，有股成熟男人的魅力，身材没得挑。他笑起来还好，不笑就沾点儿生人勿近的感觉，身上的匪气很浓。

总之这人长得相当"人模狗样"。

可惜了，再好看他也就是一个没文化的暴发户。

富商顿感无趣，站起身准备走，说："得了，我等会儿还得赶飞机，就不劳烦尧总送了。"

"那您走好，下回还有生意，您只管找我。"

富商走得头也不回，什么客气话都没留。

尧驯就喜欢这种给钱利索但嘴不利索的冤大头。他站起身把富商一口没喝的咖啡端起，"咕噜咕噜"地喝完，然后皱了皱眉，高声说："老板，结账。"

咖啡店老板笑眯眯地走过来："尧先生，您在本店充值的会员卡的余额还剩六千八百元，本次消费共计五十元。"

出了咖啡馆，尧驯就骑上自行车准备去离这儿近的菜市场里买菜。他身高一米八二，穿着上白下黑的宽松运动服，面料透气柔软，很专注地骑着车。

只不过再帅的人也会有摔得狗吃屎的一天！

尧驯的眼前一片黑。他本来骑得好好的，结果"哐当"一声，被一辆闯红灯的自行车撞得人仰马翻。

尧驯皱着眉低头看手臂，就被蹭破了点儿皮，算不上什么大事。尽管周围有不少人，但丢脸也算不上什么大事。

可尧驯抬起头时差点儿没忍住骂出声——骑了三年的自行车就这么散架了！

罪魁祸首是哪位？

尧驯抬头一看，是一个校服皱巴巴的小孩儿，瘦得像猴，趴在地上，脚还在发抖呢。

这还能怎么办？他只能自认倒霉呗。

尧驯拍拍屁股站起身，语气稍缓："你闯红灯了，要不要命？人有事吗？没事就爬起来，别挡着其余人的路。"

那小孩儿一听这话赶紧爬起来，鞠躬说道："对不起，对不起，哥，我赶着去医院……"

"是家里人出事了？"

小孩儿的哭腔都蹦出来了："嗯……"

"哭可没用，等着。"尧驯掏出口袋里的手机，说："我现在在文海路，你赶紧开车过来。别问了，我今天做好人好事，送个小孩儿去医院。"

不到五分钟，围观的人就看着一辆敞篷的黑色玛莎拉蒂牛气哄哄地靠边停下来，气派高调。

西装革履的肌肉男司机戴着墨镜，亲自打开车门，语气颇为打趣："尧总，自行车还要吗？"

"废话，赶紧抬上去。"尧驯顺便侧头瞥了一眼还在呆滞状态中的小孩儿，问道："在哪个医院？"

"人民医院。"

小孩儿的腿继续在不争气地抖,脑子却没忍住思考着一个问题:现在的有钱人都喜欢骑自行车出门?

肌肉男把车开得很稳,很快就把人送到了医院门口。

尧驯仰起头吸了一口烟,说:"走吧。"

小孩儿落地后刚扶稳自己的自行车,一转身,那两个人就没影了,他连句"谢谢"都没来得及说。

肌肉男余光瞥见不远处的超市广场大屏幕上还在播尧总辉煌的事迹,乐呵呵地打趣道:"因为您捐钱修路,市里给您评了个杰出青年企业家的称号,尧总,快看哪,不过这屏幕上的照片显得你的鼻孔很大。"

尧驯恍然大悟:"我寻思沈乘风怎么一大早就来笑话我,敢情就因为这东西。"

"您和沈先生友谊长存,他就是爱开您的玩笑。"

尧驯骂骂咧咧地说:"快走,快走,这么看,这照片简直太丑了。"

"回小区还是去公司?"

尧驯看见路边摊有点儿犯馋,说:"要不都不去,咱们今天搭个伴,晚上那顿我请,啤酒、夜宵要多少有多少。"

"尧总大气。"孙涛哈哈大笑,接着故意说,"我找地方停车,还得替您省点儿油钱。"

尧总满意极了:"你小子知道就好。"

过了会儿孙涛的老婆打电话来查岗,孙涛挂断电话后顺嘴说道:"您最近都没去公司,我老婆意见可大了,这新招进来的姑娘们一人一口唾沫都快把我淹死了。"

"别提这茬儿。"

别看尧驯长得年轻，实际上快到三十岁了，一个妥妥的单身钻石王老五。加上他见人三分笑，平时没少招惹桃花。

尧驯想到这事就烦，说："难不成我还能拿个大喇叭告诉她们，你们的老板我今年二十八岁，单了二十八年，以后还预备继续单着？"

"哈哈哈，尧总，您还不如找个群众演员，去公司转一圈，保准没人再惦记您这块香饽饽。"

"你一个劲儿地出馊主意，我但凡有看得顺眼的人，早就你侬我侬去了。那些姑娘还是让你应付着吧。"

孙涛连忙摇头："不成，不成，我老婆乐意我都不乐意。"

"你行啊，孙涛，年纪轻轻就是个妻管严。"

"尧总别笑话我，您以后十有八九和我一样，也是个妻管严。"孙涛一身腱子肉，戴着墨镜，笑着扭过头来说，"看面相是我家的祖传手艺，如果不准，尧总，您只管找我。"

"唬人玩意儿。"尧驯不信这个邪。

文南市最近天气晴朗，出行的人也挺多。

二人等红绿灯时，车刚好停在一个三岔路口。

尧驯指间夹着一根软中华，深吸一口后神色颇为安逸。不经意间扭头，他看见一辆五菱宏光擦边而过。

车窗没关，里面的男人露出侧脸，寸头，皮肤很白，脖子上有处文身，鼻梁高挺，下颌线流畅，此刻目视前方，五官组合在一块儿给人一种很温和、斯文的感觉。

天渐渐黑了，孙涛也找了个商场换掉了身上的西装。一个总裁、一个助理都穿运动服，走路姿势还都优哉游哉的：手往背后放，神态很安逸，活像两个视察乡村建设工作的老干部。

尧驯就爱逛小吃街、夜市这类地方，人多热闹，东西便宜还好吃。孙涛紧跟其后，相当称职。

周末人挺多，可是很多卖辣炒花甲、蒜蓉生蚝和炸鸡柳的摊位十分冷清。

尧驯是个八面玲珑的人，和谁都能唠两句。

卖水果的叔摇着扇子告诉他："生意难做咯，前面新开了一家大排档，说是味道好，价格也比其余流水摊便宜，人都去那儿了。"

"难怪没什么人，叔，我看您这水果也新鲜，给我来几串葡萄。"

"好嘞，帅哥要几斤哪？"

"来两斤。"

孙涛接过塑料袋，两个人继续并排着走，慢慢悠悠地去找那家新开的排档。

那地方有着很常见的大红棚子，十分宽敞，摆了不少塑料的白桌子，旁边人来人往，不少摊贩眼馋心烦。

店面不大不小，灯红酒绿的牌子上写着——老宋烧烤，名字也起得平平无奇。

空气中啤酒和烧烤的气味交缠，位子都快坐满了。尧驯眼尖，急急忙忙地拽着孙涛找到了一张空桌子。

尧驯一翻菜单，确实实惠又便宜，就是不知道味道怎么样。

点餐的服务员一来,愣住了,语气欢喜地说:"下午我还没来得及好好谢谢您,您就走了……"

尧驯一抬头,这不就是之前撞了自己的那个小孩儿吗?

"是你啊,没什么可谢的。你怎么在这儿打工?不是在上高中吗?哎,对了,你妈怎么样了?"

这一通问题把小孩儿给问蒙了,他磕磕巴巴地说了半天,总算能把意思说清:"周末没课,这是我哥开的大排档,我妈也没什么事了……"

"那挺好啊,你家的招牌菜是哪个?"

小孩儿年纪虽小但也不太怯场,利落地介绍:"小龙虾和烤茄子。"

"来十斤小龙虾,上五根烤茄子,再给我来一打烤生蚝。"尧驯翻了翻菜单,问孙涛:"还要吃点儿什么?"

"烤鸡翅和鱿鱼,就这些。"

尧驯扬起嘴角笑着补充道:"再上两箱啤酒。"

"好嘞,等会儿就先给您上菜。"

很快两箱啤酒就被小孩儿给抱过来了。他擦擦汗,笑着和尧驯说:"您放心吃,我和我哥说了,给您这顿夜宵打五折。"

"你哥还蛮会做生意的。"尧驯顺嘴问道,"你叫什么?"

"我叫宋怀武。我哥说等会儿不忙了,就过来给您敬杯酒。"

尧驯摆摆手,说:"不用这么麻烦。"

说时迟那时快,一道有些低沉的男声在旁边说道:"你不必客气。"

周遭闹哄哄的,一个身穿红色围裙但长得极其白净的男人缓缓走了过来。

尧驯怔了怔，这不就是五菱宏光车上的那人？

那人的额头上有些汗，留着寸头，五官无可挑剔。他身量颇高，穿着黑色T恤，脖子上的刺青总算让人看得一清二楚，是一团荆棘似的火焰。文身很酷，跟他温和的气质有些冲突。

尧驯喉结滚动，手里攥着一瓶啤酒，说："那就敬吧。"

宋怀文安静地站在那儿，睫毛微扬，似乎打量了一会儿尧驯，又似乎只是平平无奇地瞧了瞧。

干餐饮的人身上难免沾染些油烟味，但他身上格外干净，刚洗过的手还湿漉漉地泛着水汽，指尖微凉，指甲剪得圆润。

孙涛识趣，连忙也举起啤酒瓶，三个人碰瓶，声音清脆极了。

尧驯豪爽地仰头喝酒，任由液体在舌尖微微泛着泡，继续用余光打量宋怀文。

这宋老板就连喝酒的姿态都不急不慢的。

尧驯笑得爽朗，说："我和你弟弟怀武还挺有缘，以后铁定带着兄弟朋友常来。"

话音刚落，他又举起酒瓶。

宋怀文丝毫不怯场，做小本生意的人性格也要八面玲珑。他的脸上挂着淡淡的笑容，蛮客套的样子。

两个人单独再次碰瓶。

宋怀文的声音很好听："那就提前多谢你照顾我的生意。"

这人气质温和，谈吐清晰有礼，说的话听起来也很令人舒服。

"认识一下，我姓尧，尧驯。"尧驯主动站起身和宋怀文握手。

"宋怀文。"

夜晚的排档生意源源不断,宋怀文很快就客套地说了一句:"你们慢慢吃。"

尧驯赶忙点头说道:"宋老板快去,可别耽误你揽客。"

"好的。"

两兄弟就这么一前一后地去忙活了。

来上菜的服务员是个年轻的小姑娘,一张苹果脸很讨人喜欢。她麻利地把尧驯点的东西摆满了全桌。

孙涛刚戴上一次性手套,吸吮了一口龙虾汁,蒜蓉味很香,汤汁浓厚,入嘴全是鲜味。

尧驯弯腰拿着筷子夹起鸡翅,塞进嘴里咀嚼。

"没想到还真的挺好吃……"他咽完鸡翅,神神秘秘地问孙涛,"问你件事,你觉着我这人怎么样?"

孙涛吃着龙虾,喝着啤酒,别提多舒坦,说:"咱们尧总又帅又有钱,人还仗义爽快,除了抠门儿外,没什么缺点。"

尧驯在桌子底下狠狠踩了孙涛一脚,目光凶狠地说道:"抠什么抠,那能叫抠门儿吗?这是节约,这是良好品德,你懂个屁?!"

孙涛吃痛片刻,但这不妨碍他继续享受美食,说:"还有个缺点,您脾气不太好。"

"快继续吃你的。"

尧驯坐在塑料椅上,气势汹汹,一副相当不好惹的样子。

他正心烦,抬头看到瘦高的宋怀文站在前台算账,侧脸写满专注。

他忍不住掏出烟盒，给自己点上了一根烟。

不过最后那根刚燃烧的长烟很快就被主人偷偷摸摸地掐熄，无声无息地跌入了垃圾桶。

尧驯低头拿筷子把桌上的每样菜都尝了一遍，有的辛辣，有的微麻，孜然放得不多不少，滋味又香又回味无穷，难怪这家大排档这么受欢迎。

孙涛问："尧总，这地儿怎么样？"

"挺好的。"

尧驯再次抬起头看向宋怀文，这人不是在结账就是在招呼客人，忙得像个陀螺似的，整个人大汗淋漓。

孙涛也抬头瞧过去，"老宋烧烤"的店面蛮破旧，装修也简陋，厨房狭小闷热。里里外外忙碌的只有宋家两兄弟，他们现烤现卖，总体来说，就是一个"苦"字。

夜风徐徐，闹市里人来人往，熙攘中自有趣味。

尧驯也是苦过来的人，一瞬间想了很多事，怪不是滋味的。

孙涛扭头看向正在擦隔壁桌桌子的苹果脸女生："能麻烦你过来一下吗？有件事想问问。"

尧驯喝着啤酒，抬头看着杂乱的电线杆。

孙涛好奇地问："你哥叫怀文，那小孩儿叫怀武，你叫什么？"

"我叫宋瑶光，排行老二。"宋瑶光的模样格外讨喜，人也聪明机灵得很。

"小妹，你能帮我个忙吗？"尧驯把那袋还没动过的葡萄递给宋瑶光，顺便掏出一张名片。

"替我把这玩意儿给你哥,说我想跟他交个朋友,上面有我的电话号码。还有这葡萄很新鲜,给你吃。事成之后,我看你的手机壳背后的明星是骆尚吧?"尧驯信誓旦旦地承诺,"我把他的亲笔签名照给你搞来。"

宋瑶光妥妥地心动了,憋住尖叫,目光异常坚定,问:"真的吗?"

"这还有假?"

"那我保准给您送到手。"

尧驯:"先提前谢谢你了。"

"放心。"宋瑶光乐呵呵地说,"我这就去。"

孙涛看尧驯在走神,问:"尧总,您不吃了?"

"不吃了,我接着喝。"

"那我节约粮食。"

"谁知盘中餐,粒粒皆辛苦,快吃吧。"尧驯敷衍地说完,又自顾自地开始喝啤酒。

宋瑶光一转眼就没影儿了。

吃了一个多小时的夜宵,孙涛完成了"光盘行动"。

他们是时候该走了,结账的时候是宋怀武那小毛孩儿来的。

两个人走出闹市,背影一齐晃晃悠悠的,叫了代驾各回各家。

地面的积水留住了月光。

半夜两点,"老宋烧烤"收摊了。宋怀文卸去一身疲惫,后脖颈上全是汗水,手腕处不小心被烫伤了。

他站在门口沉思片刻,单手拈起那张黑白磨砂质地的名片。

过了一会儿,他把名片揉皱了,丢进了垃圾桶里。

尧驯住的地方,以前是退休单位干部的宿舍小区。

大前年尧驯逮住一位老头儿卖房子,一下子砍价砍到最低,安家成功。三室一厅,十分符合单身汉的需求。

这小区进进出出的全是老干部,在露天广场上搓麻将、下象棋,文艺点儿的人拉二胡、打快板,跳广场舞的人也多。

又是一个大清早,老人们定时定点地出来晨练。有的老人在遛鸟,遛的鸟品种各异;有的老人在健身器材旁跳舞,然而一群老人中多出了个尧驯。

尧驯换了一身宽松运动服,戴着运动耳机,一边跑步,一边思考人生。

名片石沉大海了。

他绕着小区跑了十多圈,大汗淋漓的同时居然只想明白了一件事——原来交朋友需要脑子。

像宋怀文这类面热心冷的年轻人,一般人是结交不上的。

但尧驯自认不是一般人。他的人生经历够写本一百万字的暴富史书。

说到这个,一个富商打来了电话:"尧总,最近经济不景气,可您也一直大把大把地赚钱。唉,我真是羡慕得不得了。

"我也就不卖关子了。我是想拉着您一块儿投资做笔买卖。您老家不是有矿吗?咱们可以一起出资,看看那矿石值多少钱?

"您就别推辞了,实在不行,咱们也可以一起投资挖石油。石油是大能源,保准您赚得盆满钵满……"

尧驯有时候觉得自己脸上或许写满了"好骗"二字。

这些富商平时都不稀罕和暴发户在一块儿交流,要起钱来,又都把暴发户当傻瓜。

尧驯果断拉黑此人的电话号码,然后继续蹲在小区的广场边跟着音乐节奏叹气。

跳累了广场舞的王大婶实在受不了了。她看尧驯蹲在那儿,神色不悦,按捺不住自己八卦的心思,问:"小尧啊,最近生意不大好?你怎么大清早就在这儿了?"

"生意都挺好。"尧驯叹了一口气,低眉顺眼的模样有些像受了委屈的大型犬,惆怅地说,"就碰上点儿烦心事。不瞒您说,我学历不高,还没文化,这您应该知道吧?"

"你前年搬进来的时候,龚老头儿都告诉我们啦。你上完了初中就开始在社会上打拼,现在也算得上是一个青年才俊,没文化怎么了?平时多去看书不就好了……"

尧驯眼神呆滞,说:"当年我没考上高中就是因为除了体育,没一门成绩是及格的。"

"呃……"王婶噎了片刻。

作为退休的知识分子,她盯着尧驯的全身看了看,这人长得人高马大的,模样也很帅气,得了,致命缺陷还是没文化。

可王婶还是想给尧驯介绍对象。男人会疼老婆就好,除此之外还又有钱又好看的,打着灯笼也找不着。

她对尧驯说:"多大点儿事?你别往心里去,总有姑娘喜欢你这款。你也快三十岁了吧，要婶给你介绍对象吗？"

尧驯再次叹气道："不用了。"

王婶笑了："真不用？"

"不用，不用，我一个人挺好。"

王婶仔细审视了一会儿尧驯，怀疑这人是不是有点儿毛病，说："你们年轻人忙着挣钱，总一个人单着也不是事儿，要是遇上好的，得抓紧……"

尧驯想起了王婶在小区里的"英雄事迹"。她撮合成功不知道多少对情侣，还时不时帮人解决一下吵架问题，可谓神通广大。

他脱口而出："所以，您知道怎么让人愿意和我做朋友吗？"

王婶闻所未闻，交朋友这种事用得着她这个老太婆教？她当即想拒绝，可看着和自己的小儿子差不多岁数的尧驯面露迷茫的样子，越看越可怜，一下子咬咬牙，说："也不是不可以。你和婶说说，对方是哪儿的人？"

尧驯摇头："不知道。"

"家住哪儿？"

"也不知道。"

王婶的脸再次黑了下来，她端详尧驯片刻，问道："小尧啊，不是我说你，人家认识你吗？"

"不认识啊。"

王婶思索片刻，问："那他和你有生意上的来往吗？"

"没有啊。"

王婶："……"

"等等，有，有，有。昨天我在他那儿吃了顿烧烤。"

"吃有什么用？首先你得和人认识，认识了才知道你们适不合当朋友。"

尧驯摇头："没懂，婶，您说得简单点儿。"

王婶叹息："你怎么就知道吃？"

"我还托他妹妹递了名片，现在都没消息呢。"

王婶声调微扬："你递什么名片，你以为这是谈生意？人家凭什么联系你？既然他是开夜宵大排档的。这简单，你的公司不是有大把员工吗？今晚你就去问他能不能订夜宵外卖，让他给你留个电话号码，日后好联系。他不会拒绝的。"

尧驯恍然大悟："婶，你可真是我的救星。"

王婶叹气道："你先去试一试，成功了再来找我。"

她站起身就走，步伐却很踉跄，她觉得跳广场舞简单多了。

中午，又有一个人打电话给尧驯，他一问，来借钱的，再问借多少，来人狮子大开口，要五百万。

尧驯特别讨厌这种打着交情来变着法儿地借钱的人。他脸色不耐烦，压低声音吼道："你当我是银行？"

"尧老弟，我不是这个意思……"

"来借钱你还敢管我叫弟弟？给我喊尧哥。"

商人也没想到尧驯来这一出，他们圈子里的人自恃清高，都不带尧驯玩。在他们眼里，暴发户就是处于鄙视链底端的人。

商人是真没想到尧驯会一点儿面子都不给自己，还没来得及反驳，尧驯就果断地挂断了电话，把这个号码拉进了黑名单里。

他胸膛轻微起伏，略感疲惫，只期盼着夜晚赶紧降临，拉孙涛再去一次宋怀文那儿。

人民医院里，宋母吃了饭就闭上眼沉睡，其他床位上没有人，病房里静悄悄的。

宋瑶光见宋怀文的嘴唇有点儿发白，没忍住问："哥，还好吗？"

"没事。"

说是这么说，宋怀文手腕上的烫伤却有些发炎，皮肉透明，鼓起来很大一片，看着吓人。

于是宋瑶光出病房去买烫伤药，回来后让宋怀文掀起袖口，她拿棉签轻轻擦拭。

宋瑶光的手很稳，她说："我和怀武都长大了，你别再一直一个人扛着。"

"你们好好读书。"宋怀文说。

"读书归读书，我现在自己做兼职也能赚钱，怀武也快了。哥，你才二十四岁，大好的年纪却成天闷着，老是不爱说话，要是能有个嫂子知冷知热地陪在你身边，我和妈也更放心。"

宋怀文摇头："用不着。"

宋瑶光想起尧驯，立刻转移话题："昨天晚上的那位尧先生真的挺好，还送怀武来医院。"

原本趴在病床上做作业的宋怀武抬起头，说："尧先生是个大好人。"

宋怀文说:"我知道他是个好人。"

"尧先生那长相、那气质,何止是好人,显而易见是个正儿八经的'高富帅'!"

宋怀文随意附和:"嗯。'高富帅'。"

在书房里疯狂打喷嚏的尧驯有些蒙,鼻尖泛红:"活见鬼,谁在骂我?"

入夜,闹市区嘈杂依旧。

"老宋烧烤"摆出的桌子几乎又坐满了人,有回头客,也有来尝鲜的客人。大部分是工地上干完活儿的中年男人、附近大学的年轻学生,以及一些下了班的普通白领。

夜生活热闹喧嚣,人们碰杯说话,在啤酒沫里一同把糟糕与快乐的情绪宣泄出来。

宋怀文站在前台可以看见无数人脸上的神情。他习惯去观察周围,然后消磨掉这些无聊又忙碌的夜晚。

不出意外,在八点过十分时,他又看见了昨夜那位递名片的尧先生。

尧先生身边站着的男人更像是位保镖。

他们不像闹市区里的平常人,哪怕穿着普通,气质依旧与众不同。他们是该走进大厦中心买单、抽雪茄开豪车、在谈判桌上敲定金钱利益的那类人。

宋怀文背脊挺直,站着的姿态从容,腰上是条洗得干干净净的围裙,面容清俊白净,平易近人的背后藏满了距离感。

"宋老板，你这儿生意依旧火爆啊。"尧驯这次隔着前台桌子与宋怀文讲话，声音洪亮自然。

他出门前穿了一件灰色衬衫外套，里面搭配白T恤，整个人看起来休闲又阳光，一个大帅哥无疑。

尧驯笑得真诚，眼睛也是发亮的，问："宋老板家还有桌子吗？"

宋怀文佯装在算账，转身后退一步，说："有的。"

"那我先去找地方坐了。"尧驯先去找了一张空桌子坐着。

孙涛的嘴皮子一向会来事儿，他轻快地问："宋老板，您家夜宵经济实惠，好吃不贵，就是您家店离公司比较远，也没个外卖平台。我们特地过来和您商量，看看能包办不？"

宋怀文点头，反应很快地说："多少人？吃几天？按照菜单来，每天不重样可以吗？我送过去还是你们自提？"

孙涛眼神微变。

哎，这宋老板也会来事，都是会挣钱的人。

"也就五十来个人，就按照菜单来，先订一个月，就不麻烦宋老板了。"孙涛笑着说，"您留个电话，尧总亲自来取。"

宋怀文按计算器的手微微停滞，他仰起头看向不远处坐在那儿似乎在发呆的尧驯，淡笑后撕下一张点餐单，用蓝色圆珠笔写上电话号码，然后把纸递给孙涛，说："好。"

孙涛利落地付完钱，拿着点餐单转身去找尧驯。

尧驯抬头见孙涛走过来，宋怀文居然也紧随其后，顿时脸露错愕之色，瞬间站起身。

宋怀文走到尧驯眼前，脖子上的刺青野性与温和交织，搁在他身上又仿佛浑然天成。

他拿出手机，笑容背后的距离感丝毫不减，说："谢谢尧先生照顾我的生意，您方便的话可以加我好友，毕竟以后要天天见。"

"方便，方便。"

两个人成功加上了好友。

之后宋怀文一如往常地站在前台处，不动声色地打量着大排档里的一切。

深夜，大排档散场。

宋瑶光小心翼翼地把尧驯给的骆尚的签名照放进自己的口袋里。帮忙收拾桌子时，她一会儿傻笑出声，一会儿摇头晃脑的。

宋怀文在旁边双手抱臂，皱了皱眉，问："你这是……"

"哥，少女的心思你不懂。"宋瑶光擦桌子的动作相当浮夸，她继续说，"就是有的人吧，之前不想和人家做朋友，结果电话给了，还加了好友。"

宋怀文淡笑道："照顾生意而已。"

"那也好，接下来一个月，每天都可以看见尧先生这个大帅哥。"宋瑶光乐呵呵地说，"我有眼福了。"

宋怀文把围裙脱掉，把袖子撸了起来，露出极为流畅的手臂的肌肉线条，走过去把干净的桌椅抬起，动作麻利，很是专注。

而另一边，尧驯把衬衫一脱，回到家躺在沙发上当懒汉。他点开手机，反复看着宋怀文的朋友圈。

宋怀文的头像是一片黑色，朋友圈里只有一张两年前发布的脖颈的文身图。

那处火焰形状的文身被设计成一团荆棘，有些锋利尖锐，更添了一股神秘感。

尧驯有些好奇，两年前宋怀文才多大，为什么在那样显眼又疼痛的地方文身？

尧驯低头打字："宋老板忙完了吗？"

这消息一直没得到回复。

直到深夜，在床上睡着的尧驯被手机提示音惊醒，看见宋怀文发来了一条消息："刚关店门。"

尧驯一看时间，深夜两点四十。

干餐饮的人熬得晚，作息也紊乱，很容易干废身体。

尧驯连忙打字："这么晚了，宋老板回家了吗？"

这一次宋怀文秒回："还没，要去医院。"

"那路上小心。"

尧驯觉得自己是个聊天废物，又打了几行字发送过去："道路千千万，安全第一位。"

这是什么鬼话？他发送完消息就撤回了。

尧驯把手机一丢，在沙发上横躺装死，心中感叹：聊天怎么这么难？

宋怀文将手机塞回口袋里。

夜色朦胧，开车的路上会经过污水和各种井盖区，闹市区的垃圾发出恶臭。

这条路过于肮脏，不适合衣着鲜亮的人走，而宋怀文一走就是许多年。他司空见惯，有时甚至麻木到心情偶尔不错。

不过手机的振动声提醒了宋怀文，像尧驯这种人就不适合走这条路。

宋怀文白净的脸庞在昏黄的灯光下显得有些漠然。

他开车前往医院，进了病房一看，宋母难得清醒着。她卧病多年瘦得很，呼吸有些费劲，但精神不错。

她冲宋怀文招了招手："过来坐。"

"妈，你醒了。"

"让你们担心这些天。怀武最近书读得怎么样？"

宋怀文回答："他成绩稳定，明年高考完可以上大学，你放心。"

"瑶光呢？"

"都好。"

宋母看见宋怀文的手腕忽然流出泪，咳嗽着问："你呢？"

"生意慢慢做起来了，过不了多久就能把债还清。"

"怪我没用，病恹恹的，太拖累你。怀文，我卧室的衣柜里还有两万块被红纸包着，原本是攒着给你娶老婆的，你去拿来。"宋母说话的声音慢慢降低，"年纪轻轻，你别熬坏了身体，我就希望你们三个平平安安的。"

宋怀文给母亲倒水，抬手缓缓地擦拭那些眼泪，说："不哭，妈，我们一家人都好好的。"

"这辈子我最高兴的事就是能看着你们三个长大……"

宋怀文轻声细语地安慰母亲："别说这话，以后你还有福享。"

"福气什么的不提,你呀,什么时候才能有个伴?"宋母惆怅地看着他。

宋怀文口袋里传来手机振动的声音,应该是尧驯又发来了消息。他嘴上说:"不急。"

宋母问:"谁?"

宋怀文回答:"一个客人。"

"客人这么晚还发消息?"

宋怀文沉默了一会儿,答道:"他,可能失眠了。"

尧驯在床上辗转反侧,闭上眼都在想事情:挣钱真难,花钱也难,结交朋友更难。

说是这样说,天一亮,他又换上运动服出门,正巧又碰上了王婶。

在广场上晨练的王婶如芒刺在背,深感不妙,果然一扭头就看见那人高马大的尧驯。她叹了一口气,和老姐妹们告辞,选择去个犄角旮旯里给没文化的小尧好好出谋划策。

这一次她开门见山地问:"怎么样?"

"加上好友了。"

"那就好。"王婶说,"开餐饮的人都很忙,你干脆帮人家搭把手。还有,你可以先和他妹妹打好关系。"

王婶从自己随身带着的帆布包里掏出一本年代久远的书递给尧驯,书名是——"交友三百招,让您纵横生意场"。

尧驯回到家后皱着眉在沙发上发愣,可人类的猎奇心理作祟,他忍不住想看看里面究竟是什么内容。

秘书在汇报公司上的琐事,尧驯一边打电话,一边忐忑不安地翻开书。

"第一招,要学会关心。"他不自知地念出了声。

秘书罗娜沉默了一会儿,问:"尧总?"

尧驯果断咳嗽,说:"没事,你继续。"

"好的。"

电话里的声音逐渐虚无起来,尧驯聚精会神地看着书。

第二招,要诚恳待人;

第三招,要打破常规;

第四招,要目光长远;

…………

内容都是一套又一套的,还有不少又臭又长的理由,居然还整了案例分析。

尧驯看得太阳穴有些疼,谁会信这玩意儿?唬蠢蛋的吧。

第二章
帮忙

　　宋怀文基本白天睡到十点钟醒，每天保持五到六个钟头的睡眠时间，这天他醒得比较早。

　　他从医院回到家时是五点多，手机被随意地放在枕头下，现在才八点，没必要起床。

　　宋怀文闭着眼睛在想一些事，片刻后缓缓地睁开眼睛，窗户外的光洒落在他的脸上。他表情平淡，嘴唇干裂了些，瞳孔幽深又暗藏冷漠之色。

　　他手腕上的烫伤好了一些，看着不是那么可怕，可伤口依旧疼。

　　宋怀文的眼神没什么温度，头枕在另一只没有被烫伤的手臂上，想了想打开了手机。

　　好巧不巧，尧驯刚发来了一条"早安"的表情，是一只狗在荡秋千，蛮可爱的。

　　尧驯："吃早点了吗？宋老板。"

　　尧驯："我猜你没吃，哈哈，我吃了。还是油条配豆浆，王炸组合。"

　　他附上了一张照片：茶几上放着热腾腾的油条和豆浆，还有一只比"耶"的手。

宋怀文:"……"

尧驯再次很大胆地发了个"饿不死你"的表情。

尧驯眼睁睁地看着屏幕的聊天框显示"对方正在输入……",咬着油条,把豆浆"咕噜咕噜"地喝下肚。

秘书罗娜一大早就发了许多传真文件过来,有一堆合同要尧驯签字。

屏幕上的"对方正在输入……"终于停止了,千言万语化作一条消息。

宋老板:"好的。"

随后是一个"微笑"的表情。

尧驯把签字笔扔了。

笑?

——冲我笑?

尧驯签一份合同就发一条消息。

尧驯:"宋老板,南菜市场门口的老杜家的豆浆最好喝,你得空可以去尝尝。"

尧驯:"不过吧,这油条你可买不到,因为这是从我小区张大爷家买的。香、脆、酥,还不是用地沟油炸的,很健康。"

尧驯:"话说,你健身吗?我看着你那肱二头肌真不错,和我的有一拼。虽然没有我的有线条,哈哈哈。"

…………

宋怀文对其他的消息的回复很简单、统一:"嗯。"

单独回复肱二头肌那条消息时宋怀文犹豫了一会儿，回复说："不健身。"

哪个男人可以阻挡健身的诱惑？尧驯搓搓手，文件都不签了，给宋怀文发了一大堆之前的健身视频，还乐呵呵地把看过有关的健身的文章都发了出去。

他不知道自己这样有多像劝别人办卡的销售人员。

宋怀文像人间蒸发似的，一条消息都没回。

尧驯想起自己那辆卖去垃圾厂重塑的老自行车，居然还能卖到五十块钱。他连忙打字："宋老板，上回和你弟的车撞了一下，我的自行车散架了。他的车呢？没事吧？"

宋怀文秒回："尧先生，你的车多少钱？我赔给你。"

尧驯："赔什么赔？咱们谁和谁？再说我那车不值钱。"

宋怀文："一定要赔的。"

尧驯："不，不，不，我不要。"

宋怀文："要赔。"

尧驯："不要，不要。"

宋怀文："要赔。"

尧驯气急了，"噼里啪啦"地打字："要什么要？我说不要就不要。"

好死不死，秘书罗娜这时打了个电话过来，语气十分火急火燎。

尧驯打完字就后悔了，自己说的这些是什么屁话？他本来想撤回消息，却手抖点错，把罗娜的电话接通了。

"尧总，大事不好了，您捐给山区的十几所希望小学的钱被挪用了,承包商孙总也不见了,现在打不通他的电话……"

尧驯眉头蹙紧,手背的青筋因用力过猛而凸出。

那可是几千万!他的语气相当强硬:"活人能长翅膀飞了?去找,算了,我亲自去,叫孙涛来小区接我。"

"沈先生刚刚有短信进来,说找到孙总了,地址是……"

"知道了。你继续盯着,他手下的其他人,一个也不许放走。"

挂断电话后,尧驯也没法儿继续和宋怀文接着聊,只能等处理完事情再来。

尧驯正儿八经地穿上剪裁得体的藏蓝色西装,嘴里还叼着一根因烦躁而点燃的长烟,脸庞上没个笑容,看着着实又凶又痞。

他气势凌人地走下楼,孙涛已经开着玛莎拉蒂到了,说:"尧总好!"

"好个屁好?跟我走,讨债去。"

孙涛正儿八经地点头,暗自感慨:很久没看见老板这么"人模狗样"了,难得,难得。

孙忠南是在郊外的一处破工厂里被找到的。

尧驯刚气势汹汹地下了车,正巧另外一条岔路口驶来一辆大众。

尧驯扭头看去,真是冤家路窄,来人不就是先前来找自己借钱的富商吗?

富商下车,说:"赶巧了,尧总也是来找孙忠南的吧?"

"嗯。"

"那就一起进吧。"

沈乘风也在里面。他的皮肤是小麦色，鸦羽似的头发被编成脏辫扎在后脑勺儿处，在这帮人里显得格外"人模狗样"。

沈乘风忽然听见尧驯骂骂咧咧的声音，于是转身打招呼："你来了。"

尧驯点头和沈乘风示意，烦躁得很。脚底的皮鞋上沾了些污垢，他走到孙忠南面前，低头睥睨着孙忠南。

孙忠南做生意时还算体面，如今被揍了一顿后，鼻涕眼泪都糊在脸上，窝囊死了，也狼狈死了。

"你不好好过日子，究竟图什么？"尧驯发问。

孙忠南断断续续地说道："我借了高利贷……实在没办法……"

"借了多少？"

"不知道……"孙忠南闭上眼哽咽。

沈乘风补充道："他在各地赌博、搞诈骗，欠了一屁股债，还也还不清，想拿我们的钱给他擦屁股呢。"

赌徒的眼泪一般都是虚假的，被戳穿后，孙忠南无地自容。

尧驯只觉得这一幕十分可怕。

好歹钱款追回来了，还没来得及被孙忠南挥霍掉。

回去的路上是孙涛开车，尧驯和沈乘风坐在后面兜风，看路边还算不错的郊外风景。

沈乘风顺道递给尧驯一根烟，说："他上午买了跑路的机票，还没来得及走，就被人在这工厂里找到了，等会儿送他去警察局。"

"行啊你，消息比我更快。"尧驯也客客气气地点燃了烟，深吸一口，脸色依旧差得要死，说，"我信任他，年年让他承包。刚卖出去的地皮钱，一半都砸在了这里面。我还指望着能多给山里修几条路呢。"

"你还是这副大善人德行。"

"狗屁善人，谁家的钱是大风刮来的？"尧驯仰起头看天——这天的天空格外蓝——沉声说道，"我还算个有良心的人，不像他，良心被狗吃了。"

沈乘风"啧啧"摇头，说："他这也不算什么，有些有钱人玩得更狠。幸亏咱们都抠门儿，都不被那圈子里的人待见。"

尧驯忽然想起来一件重要的事情，问："话说你学会高尔夫了吗？"

沈乘风的笑容僵在嘴角："你提这事干什么？"

"你该不会也没学吧？那我就放心了。高尔夫球杆贵，我至今没买！"

沈乘风嘟嘟囔囔地说："早知道你没买，我也不买。"

两个人再次四目相对，彼此确认，很好，都是抠门儿货色。

孙涛在前面顺嘴说了一句："沈先生，您都好久没来找尧总下象棋了。"

沈乘风说："这段日子我回老家探亲，才待了一个月就被我妈给轰出来了，说没找着对象，少在她眼前晃悠，给她添堵。"

尧驯五十步笑百步，眼神充满了同情，拉长声音说道："三十岁就被催婚了，哎哟，真可怜。"

沈乘风："你不也一样，咱们都是'单身狗'，一致对外行不行？"

尧驯慢慢悠悠地说:"不。我是孤狼,你是'单身狗',少拉扯我。"

沈乘风:"……"

一来二去,尧驯还欠了沈乘风一个人情,人情债最难还。

尧驯想了一会儿,决定用一顿饭打发掉沈乘风。

他打开微信,先给宋怀文发了些表情包。

沈乘风偷偷摸摸地探头过来想看,尧驯利索地把手机熄屏,说道:"走开,走开。"

"小气。看都不给看一眼。"沈乘风不屑地摇头,但又架不住太好奇,"哪儿的人?干什么的?男的女的?"

尧驯干脆利落地回:"关你屁事。"

尧驯把藏蓝色西装的外套脱掉,黑色内衬显得他肩宽腰窄,西装裤包裹着大长腿,站在那儿一看,气质没得挑,十分潇洒随意。

沈乘风也不逊色,不过皮肤更黑些,脏辫一弄,五官优越。

孙涛继续安静地当着安静的背景板。

他们三个人堂而皇之地走进一家门口写着"充一千送一千"的火锅店。

尧驯从厚厚的钱包里数出十张人民币,笑容款款地对前台人员说:"来,给我办张会员卡。"

尧驯没有忌口,沈乘风更没有,孙涛不敢有。

吃火锅的时候,沈乘风眯起眼看尧驯手机里的那张文身图,赞叹道:"我跟你说,这铁定是一流刺青师的作品,线条很漂亮……话说这人的文身是在哪儿文的?"

"我哪儿知道?"尧驯咬开啤酒盖。他五官凌厉又俊美,仰头"咕噜咕噜"地喝酒,喉结滚动,豪爽得不行。

尧驯打开微信发消息:"宋老板,你吃饭了吗?"

宋怀文:"刚吃完,准备去医院。"

尧驯连忙打字:"阿姨住人民医院几号房?改天我也去探望探望。"

宋怀文:"不用。"

尧驯:"宋老板别和我客气,不瞒你说,我也有个弟弟,和怀武一个岁数,我看怀武就觉得亲切,话说宋老板你今年多大了?"

宋怀文:"二十四岁。"

尧驯:"巧了,比我小四岁。"

尧驯:"那阿姨是不是四十五岁左右?"

宋怀文:"嗯。"

尧驯乘胜追击:"又巧了,我妈刚好四十九岁。"

宋怀文:"……"

话题聊死了,尧驯呆呆地盯着热气腾腾的汤底。这汤看上去让人很有食欲,他拍照发了过去。

另一边,宋怀文穿着黑色长袖和长裤,一只手提着用瓦罐装好的排骨莲藕汤,走在空空荡荡的老旧的楼道里。

各种广告贴满了墙壁,墙壁的缝隙里还滴着水,地面是灰水泥的,生锈的扶手结着蜘蛛网。

他走下最后的一级台阶,神色很是平静地看了一眼手机里尧驯发来的图片,觉得火锅不错。

最后宋怀文漠然地按灭手机,表情没有丝毫变化。

尧驯继续吃火锅、喝小酒,手机不慎被沈乘风抢走了。

沈乘风看聊天记录看了半天,忍不住皱起眉说:"你哪儿来的弟弟?"

"刚出生就没了。"尧驯神色淡定,像个没事人似的,"过阵子我也该回老家给我妈上坟了。"

沈乘风搓了搓手臂上起来的鸡皮疙瘩,然后果断地把手机还给尧驯,说:"你真是个铁打的孤命人。对了,今年还去我家过年吗?我妈怪惦记你的。"

"再看吧,我怕被你妈催婚。"尧驯皮笑肉不笑地说,"先吃你的,少废话。"

沈乘风又说:"话说你和这大排档的宋老板聊什么呢?难不成他是个大人物?家里拆迁得了几套房?这人究竟是什么底细?"

"你别管我这事,吃完我好亲自送你上路。"

事实上尧驯也没亲自送,还得靠孙涛。

沈乘风住的地方离这儿更远,尧驯先到家,下车后就迫不及待地上楼。

沈乘风却忽然喊:"这辆玛莎拉蒂都借你半年了,你打算什么时候还我?"

尧驯头也不回,抬手挥了挥:"看心情。"

"你自己买一辆会怎么样?"

尧驯立刻扭头说道:"你提醒我了,我确实要去重新买辆车,时代在进步,得换辆电动车。"

沈乘风皱眉不解。

孙涛解释道:"尧总在宋老板的排档那儿订了一个月的夜宵,给公司里加班的那伙人吃。尧总还决定当一个月的外卖员,亲自拿餐,再亲自送。"

沈乘风露出难以置信的表情,问:"他脑子里进水泥了?"

孙涛摇头:"不知道。"

沈乘风百思不得其解,只能蹙起眉暗自嘀咕:"这人是什么来头,能让尧驯这样费心?"

上楼后尧驯去卧室打开自个儿空空荡荡的衣柜。

作为穷怕了的"富一代",他对着装没有要求,舒服透气就好,所以衣柜里都是清一色的运动服、休闲服、黑背心、白背心以及大裤衩,要多粗糙有多粗糙。撑场面的西服也有,然而压根儿不日常,他穿去大排档也不合适。

尧驯陷入沉思之中,最终决定买新衣服。他果断地打电话给秘书罗娜,简单说了下要求。

罗娜的语气中透着怀疑:"尧总,您要什么样的?"

"要时尚的。"

"……"

尧驯不容置喙:"你最懂时尚,直接刷我的卡,挑你觉得适合我的衣服,要显得人年轻些的。晚上七点之前送到我家。"

罗娜虽然感觉莫名其妙,但十分具备职业操守,服从上司命令:

"好的，保证让您满意。"

尧驯对着手机再次陷入沉思，阳台上挂着的鹦鹉突然出声："孤寡——"

尧驯猛然抬头："你骂谁呢？"

鹦鹉在鸟笼里丝毫不害怕，继续挺着胸膛说："你孤寡——孤寡——"

尧驯的隔壁住着一个酷爱骂人的黄老头儿，这只鹦鹉平日里耳濡目染，跟着学了不少骂人的词汇。

尧驯神情复杂，低头看手机屏幕，宋怀文一直没回复消息，再抬头看还在叫唤着"孤寡"的鹦鹉。

他心中默念：大人不记小人过，千万不能和只鹦鹉计较。但他一直待在家里，被只鸟羞辱也不是个事！

正巧得买辆电动车，尧驯利落地脱掉西装外套，穿回舒坦的运动服。他活动着自己酸痛的脖颈，手指关节也发出"咔嗒"声。

他照镜子一看，碎发快把眉骨遮住了，显得自个儿有些深沉，怎么看都觉得自己不够帅，等会儿出门可以顺道理个发。

尧驯皱眉，难不成自己真老了？

可男人三十一朵花，他分明是个还差两岁的花骨朵儿。

"尧花骨朵儿"心情更加沧桑，他走到门口，鹦鹉还幸灾乐祸般跟复读机似的叫着："老东西——"

尧驯差点儿急眼："你再骂，等我回来，就把你的毛拔了。"

鹦鹉欺软怕硬地表示："您走好——"

门"哐当"一声被关上了。

尧驯和小区路边下象棋的老邻居们打招呼。

赶巧，酷爱"口吐芬芳"的黄大爷说："观棋不语真君子是也！我将军，哈哈，好不容易赢你这老东西一局，解气，解气。"

"哎哟，是小尧，你这兔崽子天天在屋里做什么？逗鸟还是盘狮子头呢？怎么不出来下棋了？"

尧驯回道："最近忙着健身呢。大爷您这盘棋大杀四方，改天我再来讨教。"

和黄大爷下棋的老李头儿扶了扶老花镜，说："你别搭理他，年纪轻轻和我们这伙人厮混什么？对了，小沈也很久没来了，上回他下棋输给我的瓷碗，替我问问他，是不是想抵赖？"

尧驯笑了笑："您放心，他跑不了，明天我就逮他来送碗。"

尧驯前脚刚走，后脚大爷们的眼神就复杂起来。

老李说："先前他天天和我们下棋遛鸟，我们还老是下不过他，真不知道是他六十岁还是我六十岁？现在也好，他忙着健身，省得我们再输。"

"是，看见他凑过来我就发怵。"

"小点儿声，别又把他引回来了。"

…………

出了小区，尧驯顺着路走，记得前面三岔路口就有个卖电动车的地方。

他嘴馋，顺道花四块钱买了一串冰糖葫芦。他塞进嘴里一颗，然后左手拿着冰糖葫芦，右手拿手机特地拍了一张照片发给宋怀文。

糖衣包裹着山楂，尝起来又甜又酸。

尧驯一贯是个乐观的主儿，一边吃着冰糖葫芦，一边优哉游哉地走路，眼角眉梢都笑得肆意，十分接地气，这副模样惹得不少人偷看他。

他继续边走边吃，不管别人的眼光，神色有些满足，又透着股无端的喜感，乐在其中得很，像只贪吃的毛茸茸的大狗，尾巴不自知地翘得很高。

尧驯此刻正抬头认真地找店门，浑然不知宋怀文正开着那辆五菱宏光车从自己身后驶过。

这一次换宋怀文侧头打量尧驯，幽深狭长的眼睛里充满好奇之色，暗道：有意思。

尧驯挑中了一辆白色电动车，脚底空间大，车型也不错。他深谙各种砍价方式，和老板你来我往，硬生生把价钱从三千六百元砍到了三千元。

老板还附赠了头盔、雨衣和安全锁，保修两年，包换电瓶。

尧驯付完钱后心满意足地骑上电动车走人了。

老板的脸色黑沉沉的，他招呼着："帅哥慢走，有事常来光顾——"心底却犯着嘀咕：可千万别再来。

骑上新车的尧驯心情不错，正好看见不远处有个理发店，走进去一看，门上写着"男士剪发十五块"。尧驯觉得这个价格十分优惠。

"修一下前面就行。"尧驯说。

"好嘞，帅哥，您坐好。"

于是理发店老板三下五除二地就把尧驯前面的那些碎发全给剪干净了，半点儿杂毛都没剩，还把耳朵两边的头发刮得坑坑洼洼，好似月球的表面。

看着镜子里的土老帽儿，尧驯喉结滚动片刻，彻彻底底地怀疑人生了。

这个发型可谓是丑得像被狗啃了两口，但幸好他的额头完整露出来了，整体五官凌厉又流畅，看着更精神了。总之这个发型全靠脸撑着。

理发店老板还"咔嚓"拍了一张照片，跟尧驯套近乎："帅哥，你发朋友圈打个广告呗。我这手艺是真的没得挑。"

尧驯忍住骂人的冲动，攥紧拳头付完钱后，麻木地走了出去。

——这家理发店想毁了我。

他站在街道上分外茫然，最终只能抬手捂住自己的眼睛。

然而再丑的发型也挡不住尧驯有颗强大的心脏。他安慰完自己就骑车到附近的菜市场里买菜了。

这回尧驯没杀价，看中什么就买什么。猪肉铺的老板认识他，还送了他一些猪血。

尧驯抬头："谢谢叔。"

"客气什么，你是老主顾了。"

"叔，那我先走了。"

"等等，小尧，你这新发型看着怎么像你自己剪的？"

尧驯干巴巴地笑道："碰上个杀千刀的，花十五块钱，剪成这个熊样。"

"你进来,我没卖猪肉前是干理发的,刚好柜子里有把剪刀,我替你修一下。"

尧驯顿时觉得自己的发型有救了,说:"您真是我亲叔。"

就这样再次"咔嚓咔嚓"几下后,尧驯的发型总算看着正常了些。

他低下头给宋怀文发消息,有点儿像在哭诉。

尧驯:"宋老板,我刚才去剪头发,结果剪得很难看。幸好猪肉铺的老板好心,帮我修了一下。"

宋怀文回复:"杀猪刀也能修头发?"

尧驯:"能,不过是用剪子,修得比之前好多了,晚上给你看看!"

尧驯又发了一个"嘚瑟"的表情。

另一边,忙着腌制各类食材的宋怀文把手机放回围裙里,表情淡然,一副没放在心上的模样。

在旁边帮忙的宋瑶光问了一句:"哥,你怎么想起买冰糖葫芦回来?我吃着有点儿酸。"

宋怀文没回话。

尧驯兴高采烈地回到家后,天已经快黑了。

尧驯的厨艺一般,把菜煮熟了就吃,反正他活得糙,毒不死就行。

过了一会儿,门铃响起,是罗娜和孙涛一块儿送衣服过来。两个人配合着把快能堆成小山的衣服、鞋子和裤子弄进了屋子里。

尧驯坐在餐桌边表情扭曲,不由得想:这得花多少钱?

罗娜长舒一口气,汇报:"尧总,本次消费共计十四万零五千元,其中包含七套男士着装以及各色领带、皮鞋、手表。"

"……"

尧驯拿筷子的手都在抖。他难以置信,有些崩溃地说:"你也想毁了我?"

罗娜和孙涛对视一眼,缓缓地说:"您别抠了,我怕您未来几年都不买,干脆一次性给您安排好。"

尧某还是一件一件地试穿完了那些衣服,衣服的款式都是好看的,很时髦,面料也很好,当然价格也很贵。

他穿着新衣服、顶着新发型,从头到脚都是新的。

"这么穿正常吗?"尧驯疑惑地问。

罗娜肯定地说:"正常,正常,还显得您腿长,就是这发型……"

尧驯压根儿没听罗娜说完,风风火火地拎着电动车的钥匙就出发了。

孙涛突然摸了摸脑袋,说:"尧总认路吗?"

罗娜:"……"

孙涛喃喃:"完了,他还真不认路啊。"

尧某人看手机导航看了半天,没忍住骂了几句脏话:"三条道都重合,你规划的是个什么路线,要我怎么骑?骑到高速公路上劈叉吗?"

他骑着小电动车兜兜转转,十分钟的路被他绕了整整四十多分钟,终于成功把车骑到了宋怀文的店门口。

这一路上的风刮得人透心凉。

虽然尧驯的外表已经狼狈到不行——他都没发觉自己的头发上还有一片叶子——但是他照样神采飞扬,眼角眉梢都是笑意。

他远远地就看见宋怀文了。

高高瘦瘦的男人很安静地站在那儿，表情一如既往，很温和，但难掩锋芒。

"老宋烧烤"的生意还没到热火朝天的时候，三兄妹站在前台有一句没一句地聊着天。

尧驯的出场方式太醒目了，他们齐刷刷地看向尧驯。

尧驯一点儿都不觉得尴尬，在旁边停好车，就大步流星地走进来打招呼："晚上好。"

怀武这小孩儿读书读得性格一本正经的。他看了看那辆平平无奇的电动车，再联想一下之前的那辆老旧的自行车，以及最关键的玛莎拉蒂，得出结论："尧哥，你破产了？"

尧驯挠挠头，抿了抿嘴，最后干巴巴地来了一句："看我的发型，是不是还成？"

宋怀文还真就侧头看了一眼，说："挺好的。"

"好什么呀，勉强凑合吧，没我之前的洋气。"

"嗯。"

"我是不是来早了？"

宋怀文指着空桌子上的白色泡沫箱子，说："五十份刚装完。"

"那我真赶巧了。"尧驯笑着说。

宋怀武说："尧哥，要不要我帮你抬上去车？你早点儿送完，也好早点儿回家睡觉。"

尧驯摇头说道："我自己来，你放着别动。"

尧驯是个响当当的行动派，走的时候还挥挥手说："宋老板，待会儿我把箱子送回来。"

宋怀文刚想说不用,可以扔掉,尧驯就用很认真的语气说:"泡沫东西不环保,消消毒,还可以二次利用。"

宋怀文沉默了一会儿才说:"那你注意安全。"

"好嘞,待会儿见。"尧驯说完就骑车走了,来去如风,肆意非常。

宋瑶光没忍住,问:"哥,你在看什么?"

过了一会儿,宋怀文缓缓说:"等他回来,你告诉他,他的后脖颈那儿有片叶子。"

"尧哥吗?"

宋怀文"嗯"了一声。

宋瑶光说:"行。我过会儿顺便去加尧先生的微信好友,不知道他的朋友圈有没有自拍。话说今天这么近看他都挺帅的,那么土的发型也挺衬他的,长得好就是能为所欲为……"

宋怀文充耳不闻,照样跟什么事都没发生似的,继续低头摁着计算器。

尧驯的公司是栋高级写字楼,地段好,相当气派,是他前年"敲诈"沈乘风得来的好地方。楼顶上写着四个字——盛驯地产。

公司到晚上了,还剩五十来个人在加班,还都是公司的骨干。他们早就听孙助理说老板来送夜宵,每个人都西装革履地在门口等着尧总。

众人又整理了一遍西装的衣领,翘首以待,然后就见一辆平平无奇的电动车亮着车灯来了。

满脸疑惑的尧总大步迈过来，问："你们站这儿干什么？"

为首的领导反应过来，说："尧总，您来了，要不进去？等会儿为您接风洗尘。"

"别在这里说一堆屁话，自个儿拿夜宵去分。"尧驯面露不耐烦之色，催促道，"快点儿，快点儿，我赶时间。"

众人很快把箱子里用透明盒子装着的夜宵都各拿了一份，神色呆滞，不敢多问。

尧总今天穿着一条笔挺宽松的牛仔裤，双手抱臂站着。他等得无聊，没忍住打了个哈欠，催促众人："看着我干什么？快进去吃。"

众人乖觉地一个个排队回去。

看着他们的背影，尧驯补充道："之后一个月，我会天天来给你们送夜宵，都各自在办公室里等吧，省得你们出来站着。"

"好的，尧总。"

"行了，回去继续干活儿。"尧驯在心底盘算了半天，不怎么情愿地来了一句，"你们也辛苦了，早点儿下班吧，下个月涨工资，嗯，就这样。"

众人又齐齐扭头，惊喜地说："谢谢尧总——"

尧驯才不管别人怎么看，又骑着小电动车极其乐呵呵地原路返回。

孙涛开着沈乘风的宾利车，正磨磨叽叽地尾随尧驯。

沈乘风看尧驯那蠢样，忍不住叹息："孙涛，你要不然换个老板吧？"

"不成，不成。"孙涛皱着眉，"沈先生，您那边的女员工更多，我老婆是不会允许我去的。"

"妻管严。"沈乘风像发现了一片新大陆似的。

"对，对，对，我就是。"

"那你还是跟着尧驯吧，挺好的。"

尧驯回到"老宋烧烤"的店里，刚拔下钥匙就看见摊位上坐着一伙人，生意很好。

宋怀文已经忙得站不住脚，汗液滴落发间，整个人像被水冲了一遍，嘴唇都皲裂了。他也没空喝水，又要招呼客人，又要结账，还得清算酒瓶子，去厨房催菜。

宋瑶光和宋怀武也都在忙着摆桌子、收碗，整个店面就靠这三四个人维持。

热热闹闹的大排档，人来人往，辛苦之余又有种人间烟火气。

尧驯穿过熙熙攘攘的人群，在桌子上顺道抽了几张纸。

此刻前台边打着酒嗝的客人围着宋怀文在不断地讨价还价，越来越难缠，空气格外闷热。

宋怀文掩着眼底的戾气，面上依旧带着温和笑意。

奈何客人还是不依不饶："二百五这个数字多不吉利，干脆凑个好意头，算我八十八吧。我都来了好几回了，老板，你是做生意的人，就少挣点儿呗。"

尧驯从后面走来，轻拍客人的肩膀。他人高马大，此刻脸上没有笑意，皱着眉，眼里凶意尽显，相当不好惹。他挑眉问："你怎么不干脆白吃白喝，这顿免单不是更好？"

客人被下了面子，嚷嚷着："你是谁？要你管？"结果扭头一看尧驯的体格和拳头，怂了，也不敢继续回嘴。

周围人也抬头看热闹。

宋怀文看了一眼尧驯，说："大家和气生财，那就算您一百五吧，欢迎您下回再来光顾。"

客人这才心不甘情不愿地付钱走人。

尧驯走到宋怀文面前伸手递了一张纸，说："擦擦汗。"

宋怀文接下了纸，擦了擦额间的那些汗珠，说："谢谢。"

"不用和我客气，我平生最讨厌砍价的人了！"尧驯有些心虚，心想绝不能暴露自个儿也是个抠门儿精。他看着宋怀文，诚恳地说，"宋老板，有什么我帮得上忙的地方，你尽管说。"

宋怀文刚想拒绝，尧驯好像未卜先知似的笑着打趣："我看那桌人吃完了，我去帮忙收碗吧，瑶光那丫头身板子小，吃不消的。"

尧驯撸起袖子转身就走，对新买的衣服会脏这件事也无所谓，乐呵呵地蹿进人群里帮忙。

宋瑶光也累得够呛，一扭头看见尧驯，惊诧地问道："尧哥，你这么快就回来了？"

"刚好回来帮忙。"

"帮什么？对了，我哥说你的后脖颈那儿有片叶子。"

尧驯抬手摸自己的脖子，什么也没有摸到，问："有吗？"

真毁形象。

宋瑶光瞧了瞧，说："可能被风吹走了。尧哥，你这是干什么？你是客人，你别干这活儿……"

尧驯充耳不闻，直接上手。他力气大，手脚也很麻利，轻轻松松就把收碗、倒垃圾和扫地的活儿干了。

宋瑶光没辙了。

不远处的沈乘风惊诧得都合不上嘴:"孙涛,帮我把墨镜摘下来。"

孙涛立刻摘了沈乘风的墨镜。

沈乘风有些心情复杂地说:"这一幕真熟悉,我感觉姓尧的家伙好像回到了从前。他那时候是一个穷光蛋,初中毕业,扣扣搜搜,一条裤衩子都穿三年,也是这样帮人端盘子。"

孙涛直言不讳:"尧总现在的裤衩子也一样穿三年。"

沈乘风哽住,好半天才说:"也对,他压根儿就没变过。"

尧驯不知道为什么总感觉背后凉凉的,好像被什么东西盯上了。他皱着眉,抬头狐疑地看了看四周。

下一秒,他刚好和宋怀文对视上,对方眼瞳幽深,波澜不惊,像一片看不见底的湖泊。

宋怀文点头示意后也淡淡地收回视线,继续摁着计算器,笑容逐渐收敛,面无表情地陷入思索之中。

生活被柴米油盐酱醋茶绑架,鼻间闻见的都是自个儿身上的油烟味——令人厌恶至极。宋怀文手背的青筋似乎因为用力而凸起,他重重地摁下计算器的按钮。

客人坐满了,也没新客来点菜,在厨房里忙碌许久的厨师也得空出来歇息,蹲在店门口抽烟。他四十多岁了,手艺很好,是看着宋家的三个孩子长大的。

宋瑶光眼尖,连忙给厨师递水:"张叔,喝口水。"

"好，你也累了吧？学上得怎么样了？"

"还成吧。"

张叔吸了一口烟，手指了下在前台边和宋怀文搭话的尧驯，问："那年轻小伙是新招进来的？"

"哪能呀，我们店可招不起这号人。"宋瑶光回答道，"他是我哥的客人，是过来帮忙的。"

"噢。"张叔盯了尧驯半天，得出结论，"我好像在哪里见过他。"

他说完就掏出手机点开公众号，其中有个标题很醒目，"本市十大杰出青年企业家"，文章里面的配图上的主角一律西装革履，每个人的简历都十分优秀，最好看的就是第一张——盛驯地产有限公司董事长尧驯。

宋瑶光蹲在那儿瞪大眼睛，浑身抽搐了一下，差点儿摔下阶梯。

张叔举起手机对比，照片里的尧驯梳着大背头，对着镜头面无表情，五官相当俊逸凌厉，一身灰色西装看起来像商业精英，身材相当好，肩宽腰窄，头肩比十分完美，总之和那些模特、明星比也丝毫不逊色。

现实中的那个年轻小伙的头发剃得怪丑的，穿得倒是很好，不过袖子一高一低地撸起来，鞋子上有泥巴，不修边幅，最关键的是笑得有点儿夸张，嘴角都笑咧开了。

这两个人的五官看着差不多，然而气质相差太远了。

张叔得出结论："这小伙子长了张有钱人的脸。"

宋瑶光本以为尧驯只是一个有点儿钱的"高富帅"，万万没想到他是现实版的"霸道总裁"，难怪骆尚的亲笔签名照，他说搞就能搞到。

她抠了半天的手,抬起头语气试探地说:"叔,我要是跟你说,他就是尧驯呢?"

"……"

尧驯在前台边一直"噼里啪啦"地说话,和放鞭炮似的没停过。

宋怀文脸上总挂着淡淡的笑容,用几个简单字眼来回答问题,他很有耐心,声音轻而低沉。

等宋怀文扭开矿泉水瓶盖喝了一小口水,尧驯才小心翼翼地问:"我是不是话有点儿多?"

宋怀文拧紧瓶盖,说:"没有。"

"那就是有了。"尧驯笑了笑。

"对了,我和你弟那天撞得好,不然我还没这机会认识你。"

"我替怀武说声抱歉,车子的钱,尧先生你定。"

"什么狗屁先生,听着多见外。赔钱的事,你也别提了,小宋,做生意别老是给人送钱。"

宋怀文听见这声忽然转变的称呼,条件反射地问:"嗯?"

"我比你大四岁。"尧驯看人时格外认真,言语也很郑重,"所以你是小宋,我是尧哥,有问题吗?"

宋怀文失笑,抬眼审视着尧驯。随后他低头从桌子下拿了一瓶没开封的矿泉水给尧驯,说:"没什么问题。喝点儿水吧,尧哥。"

尧驯干起活儿来一个人能抵两个人用,跟打了鸡血似的。他高高兴兴地走到前台边，拿手擦自己额头上的汗，动作有些粗鲁，问："你们兄妹俩说什么呢？"

宋瑶光："台风快要到了，不知道天气预报准不准，电视上预测说是下周末。"

"台风，那影响你们的生意。"尧驯开始忧虑，说，"店在风口上，红棚子很容易被风刮走，要提前准备了。"

"会的。"宋怀文出声。

"到时候我来帮你们收拾收拾。"尧驯侃侃而谈，"论力气我有的是。"

宋怀文问宋瑶光："我记得你上回说有个同学想来店里做兼职？"

"哥，你不是怕她干不了这活儿吗？"

"让她明天过来吧。"宋怀文不动声色地看了一眼尧驯，说，"人手确实不够。"

尧驯站在那儿收敛了笑容，难得正经了一次。他与宋怀文对视了一眼，领悟到了对方的眼神中的潜台词。

——你可以不用来帮忙，有新人干活儿，用不上你。

尧驯跟被霜打了的茄子似的肉眼可见地蔫了，蹲在店门口的阶梯上仰起头喝水，一会儿就快把这瓶水喝完了。

他一心烦意乱就容易犯烟瘾，随手把矿泉水瓶放在脚边，把外套也随意地耷拉在肩膀上，风吹来，他耳边的碎发微扬，侧脸的线条俊逸又流畅。

尧驯眉头微蹙，心烦的同时又不知道该怎么办。他从外套口袋里抽出一包新的软中华，拿出打火机，打算开盒新烟。

他不算喜欢抽烟，但烦起来时尼古丁确实有用。

火星燃起，烟雾从他的唇中缓缓吐出。

尧驯就这样闲着没事地蹲在那儿，吸一口烟，叹一口气。

他默默抽完一根烟，熄灭烟蒂站起身找垃圾桶，可是一时间没找着。

巷子里有个垃圾桶还挺干净，里面堆着不少塑料瓶和纸壳子，似乎是有人专门堆在那儿的，但位置隐蔽，鲜少有人看见。

尧驯把掐灭的烟蒂扔进去，砸在一张皱巴巴的名片上。

第三章
朋友

夜里十二点多，大部分客人吃得差不多了，陆陆续续地散伙走了，只有几桌客人还在划拳说话。

尧驯默不作声地帮忙扫地，擦桌子。弄完大大小小的琐事后，他手里攥着那已经空空如也的矿泉水瓶走了，骑着小电动车离开前还不忘留下一句话："明天我会再来。"

背影仓促得有些像落荒而逃。

宋怀文身上的黑色T恤几乎被汗湿透了，他走去后厨洗手，取下围裙，活动自己僵硬的脖颈，喉结滚动，黑色的荆棘文身上也泛着汗液。

他在洗手台那儿发了一会儿呆，洗得发白的手在清水的冲刷下不断舒展，骨节发出轻微的响声。

"怀文。"张叔也过来洗手，多问了一句，"你那客人帮了不少忙，怎么不叫他明天中午一块儿吃个饭？就当谢谢人家。"

"……"

宋怀文顺带关上水龙头，说："不是很熟，没有必要。"

"常来常往，不就熟了？"

"嗯。"

张叔说："你的性子容易闷坏自个儿，你年纪轻轻，多交朋友不是坏事。"

"知道了。"宋怀文转身就走，水珠顺着指尖滴落在地上。他肤色白，手背上的青筋极其明显。

张叔叹息后也洗完了手。

没走几步，宋怀文便停住，扭头时蹙起了眉，目光深沉又有些深意，说："交朋友有些麻烦。"

"……"张叔听着挺迷糊。

宋怀文轻飘飘的一句话，好像什么也没说，张叔愣住半天也没反应过来这是什么意思。他自顾自地叹气，弄不懂年轻人心里是怎么想的，良久才在心里感慨：也是，怀文这孩子从小到大都这样。

骑着电动车的尧某人被风吹得眼睛进了沙子。

他怪委屈的，虽然早就知道宋怀文不怎么待见他，但真看见了，也说不上来为什么会这么沮丧。

名片被扔了就扔了吧，不就是一张皱巴巴、一看就知道被人揉过的名片吗？

尧驯逆反心理作祟，沙子吹进眼睛，越疼他越要眨，越眨就越疼，生理性反应导致几行眼泪就这样从他的眼角流了出来，眼泪也被迎面刮来的风吹干。

尧驯的眼眶逐渐泛了大片红，像受了什么大委屈似的。他暗自咬牙，在心里骂骂咧咧：男人流血不流泪。

一回生，二回熟，他安全地骑回了家。

电动车要放在楼下的柴间里充电。尧驯深呼吸几下，摸黑在口袋里找着钥匙。

感应灯一下子亮，一下子又不亮。这种环境容易让人生出恐惧心理，但尧驯是什么人？他就不信鬼神之说，抬起头死死瞪着感应灯，大声说："给老子亮！"

两道脚步声伴随着走廊里刮进来的风声也猛然停下，两道手电筒光瞬间照在尧驯的脸上。

尧驯的眼睛里全是红血丝，一副恶狠狠的表情，别提多吓人。

想吓唬尧驯不成，反而把自己吓得哆嗦了一下的沈乘风不由得说："什么玩意儿……"

尧驯瞬间面无表情地问："你们跟着我干什么？"

"尧驯，你是不是故意的？"

"胆子小就别站在人身后。"尧驯回敬道。

他总算摸到了口袋里的钥匙，顺利打开柴间门，摁开灯后，里面瞬间亮堂起来。

孙涛面露尴尬之色，沈乘风假装淡定，几个人大眼瞪小眼了一会儿。

尧驯走进去给车子充好电，满脸阴郁与不耐烦的神色，上楼回去睡觉。

沈乘风与孙涛灰溜溜地紧跟其后。

一进门，尧驯就把新买的外套随意扔在沙发上，面无表情地坐下低头给自己点了一根烟。

客厅里没人说话,阳台鸟笼里的鹦鹉估计睡着了。

尧驯仰头吐息,神色有些沮丧,一股颓废感扑面而来。

沈乘风憋不住问:"尧驯,你这是怎么了?丧着张脸,难不成得癌症了?"

尧驯用力过猛把烟身给折断了,火星砸在瓷砖地板上。他很烦躁,瞪了一眼沈乘风,没好气地说道:"瞎说什么呢?"

沈乘风问:"那你怎么一回来就跟丢了魂儿似的?"

"……"

尧驯沉默了一会儿,不自在地把断烟丢进烟灰缸,语气失落地说:"魂儿没丢,就是把脸给丢光了。"

沈乘风皱着眉不敢问。

尧驯继续喃喃:"他不想和我做朋友,我反而一个劲儿地往上凑……可不是把脸都丢光了吗?"

关了店后,宋怀文和宋瑶光一块儿去医院。

宋瑶光坐在副驾驶座上打哈欠,活跃的脑回路却根本停不下来。

宋怀文开车时很专注,没看宋瑶光。

到医院了,宋怀文松开安全带说:"我知道你好奇什么。"

宋瑶光决定赴死一问:"哥,所以你真的不想和尧先生做朋友?"

"好奇心太重不好。"

"可你不告诉我,我今晚都睡不着。"

宋怀文目光沉沉地说:"不讨厌,仅此而已。"

他的背影高瘦,衣着简单却好看,走向病房的步伐十分从容淡定。不为人知的大概就是他的指尖轻轻摩挲了一下裤子口袋。

这是宋怀文心情愉悦时才会有的小动作。

宋瑶光在原地兴奋大笑。她立刻大声提醒道:"哥,尧先生走之前明显觉得您不想让他来,不大高兴呢。"

宋怀文停下步伐,侧头静静地盯着宋瑶光,宋瑶光立刻闭上嘴。

宋母身体弱,离不开人照料,而三个子女一个要挣钱,两个还在读书。她白天昏昏沉沉地睡着,夜里才有些精神。

一进病房门,宋怀文抬头就看见了张叔,桌子上有好多水果和一束百合花。

宋母喜欢百合。她脸上带着笑容,人瞧着也没那么憔悴了,亲昵地说:"这么晚还来,你们快坐下,晚上开车多危险,瑶光以后拦着你哥些。"

"妈,我哪里拦得住他?"宋瑶光坐在床头。

"怀文,你过来。"宋母温柔地说。

宋怀文和张叔对视了会儿,和张叔分别坐在床尾的一左一右。

"我打算下周出院,一直住在这儿打针吃药的,太浪费钱。"

宋怀文的语气不容置喙:"不行,医生说还得观察到下个月。"

"可我已经好得差不多了……"宋母有些哽咽,"你们开店太辛苦,我想在家给你们做做饭,看家也好,免得你们累了一晚上还要跑来医院看我。"

"妈,你不用担心我们。"宋瑶光也在劝,"我和怀武在食堂吃就行,便宜还实惠。张叔就住在咱们家隔壁,哥和张叔一块儿吃饭、干活儿，相互有照应。你就好好休息，把身体养好了，咱们就回家好不好？"

张叔也在旁边说了好大一通大道理，宋母才不再坚持。

宋怀文和张叔出了病房，两个人站在走廊上，张叔想开口，又有些不知道该从哪里说起。

宋怀文漠然地看着窗户外的夜色，医院灯光明亮，却让人觉得有些冰冷，不近人情。

他平静地说："我妈的病治不好，可能一辈子都要吃药，都要有人在旁边照料。"

张叔回答："我会守着她的，怀文你放心。"

宋怀文瞳孔的颜色很淡，泛着灰。他说："瑶光、怀武和我都是她捡来的弃婴。她一直没嫁，一方面是因为有我们三个拖油瓶，另一方面她在等你。

"叔，人不是靠守着就能高兴的，你得让我妈更高兴。"

张叔刹那间老泪纵横，喃喃自语着："我知道……我都知道……"

言尽于此，不必再说了，宋怀文是不愿啰唆的那类人。他嗅见风里消毒水的气息，有些刺鼻。

他闲来无事点开微信，好友只有二十多个，聊天列表里的内容更是少得可怜，"尧驯"两个字格外醒目。

难得，这人这天一条信息都没发，看来生气也是一件麻烦的事情。

宋怀文看了两眼，鬼使神差地点开尧驯的聊天框，手一抖，点到一个"句号"发送了过去，想撤回又觉得没有必要。

宋怀文最终发了"晚安"两个字过去。

凌晨四点，尧驯把被子蹬开，烦躁地坐起身，一边叹气，一边点燃了一根香烟，然而于事无补，根本就缓解不了他糟糕的心情。

他十几岁的时候帮人修车，被一个喝醉酒的老板指着鼻子骂，说他一辈子没出息。

那时候尧驯在心底骂骂咧咧地说了一句：走着瞧，我迟早活出个样子来给你们看看。

现在年纪大了他怎么还要起脸了？

他居然因为一张名片沮丧，这真不像他尧驯的风格。

尧驯眼神呆滞，再次蒙上被子叹气。

床头柜上是他捡起来的那张名片，以及宋怀文递来的矿泉水。矿泉水已经被他喝光了，一滴不剩。

尧驯在床上辗转反侧，觉得自己活像个爱捡垃圾的傻子。

可是傻子心里苦，说不出口。

他闭上眼前还特地把手机关机，以免又有别人来找他借钱。

心灵的伤，他必须用睡觉来治愈。

翌日，日上三竿，尧驯被阳光刺醒，整个人感觉很沮丧。他皱着眉默默地发了一会儿呆，把手机开机。

开机过程很流畅，当尧驯缓缓点开微信上标注着红点的聊天框时，手机上显示这天凌晨四点过三分，宋怀文发来了微信消息，一个问号，以及——

宋怀文："晚安。"

宋怀文每天都像上了发条的机器，生活重复又乏味。他扛起了一个家庭大部分的责任,也习惯被现实刁难。

比如宋怀文每天要去的菜市场,里面的商贩经常在来来往往的人面前杀猪、杀鱼,里面的街道腥臭又肮脏,苍蝇和脏水都汇聚在一块儿,商贩看人年轻便想多宰一笔;比如他口袋里只剩几百块钱,可还要活得体面些;比如家里利滚利的债务越积越多;再比如多事的老人围在一块儿,讨论姓宋的一家人真奇怪……

从前很多人也和尧驯一样,想闯进宋怀文糟糕无比的生活。

宋怀文见得多了,也觉得没必要。

贫穷会勒断人们的脖子、脊梁,以及对外界的感知。现在宋怀文睁开眼睛的每一秒都在为生计打算,辛苦的奔波生活都要有意义——他要靠自己的双手挣血汗钱。

除此之外,什么都是没必要的,是不重要的麻烦事物。

宋怀文也不爱提这些酸话。他腰上围着围裙,买完菜后要进行清洗、穿串和一系列加工,然后拿料粉腌制。

他有些累,抬起头看向窗外,阳光不错。可台风过不了多久就要来了,这座城市会变得阴沉沉的,生意会变得不太好。

手机的提示音不大不小,宋怀文的思绪微微停滞。他犹豫了一会儿,还是低下头看微信里发来的信息。

尧驯:"小宋,我养的鸟会唱歌。"

后面他还附上了一段视频。

鹦鹉的精神很好,它跟着学唱了几句《好日子》,却在最后几秒钟,忽然来了一句:"老东西,孤寡,他孤寡——"

尧驯的声音也跟着响起:"你瞎说什么?"

057

宋怀文的手被水浸泡得有些泛白肿胀。他忽然发觉有几束阳光照在桌子上,反射出了光影。

宋怀文抬起头凝视着远方的太阳,感觉真够刺眼的。

最终宋怀文告诉自己,别再继续庸人自扰。

另一边的场面就不是这么岁月静好了,尧驯感慨:这只鸟终究是留不得了。

尧驯忍了很久,气势汹汹地从厨房里取出一把菜刀,直直地走向阳台,眼神极其复杂。

沈乘风和孙涛急忙过去拦住:"你刚摸完它,就又急眼了?"

"尧总冷静,不能杀生,杀生对财运不好——"

尧驯拿着菜刀大骂:"它铁定成精了!我今天必须看看,它到底是从哪儿蹦出来的孽障!"

沈乘风趁他骂骂咧咧时,从他手里夺走了那把菜刀,语气相当敷衍:"少来,鹦鹉很聪明的,它学了点儿词汇,不是很正常吗?"

"正常?这哪里正常?它都能嘲讽我了。"

"你忘记先前它和你隔壁的黄大爷吵了一天一夜,被人投诉了都不消停吗?"

"记得又怎么办?这只鸟天天说扎心的话。"尧驯臭着脸,还是不爽极了,"你不提倒好,你一提,我想起上回你输的碗该给老李头儿送过去。"

"你是不知道。"沈乘风把菜刀递给孙涛,让他送回厨房去,"老李那次靠悔棋才赢了,他得再赢我一次,我才会把瓷碗双手奉上。"

尧驯才懒得管这事。

不过沈乘风却跑去阳台上逗鹦鹉,还跟尧驯说:"你不喜欢它,就送我,我就喜欢这么能说会道的,多有趣啊。"

尧驯抬起头,正儿八经地说:"微信转给我两百块,这鸟是我捡的,可鸟笼、饲料都算钱,外加一些精神损失费,你看着办吧。"

沈乘风敷衍地点头,顺便嘲笑他:"茶几上那本书我看了,你下回别在上面写字,你的字那么丑。"

尧某人怒火指数再度飙升。他站起身拽着沈乘风的衣领,连同鸟笼,一扔一推一踹,动作行云流水。

门"哐当"一声被关上了,尧驯在门后怒骂:"滚出去下棋吧,再多嘴,我就把你和鸟一块儿砍了!"

总算没人继续打搅他。

孙涛在厨房里不敢出声,连声念了几句"阿弥陀佛",知道老总太多的事是一个下属的大忌,何况是打架这种事。

客厅很安静,尧驯深呼吸一口气后打开手机微信。

小宋人真好,都没生气,还回复了一句:"这只鸟很聪明。"

尧驯内心喃喃自语:老东西就老东西吧。

尧驯:"那只傻鸟乱讲,我比它聪明多了。"

"孙涛,快给我开门。"门外的沈乘风喊道。

"来了,沈先生。"

沈乘风满脸阴郁地走进门,手里提着鸟笼。仔细看,他的脸似乎被人揍了一拳,还赶巧伤在了眼睛下方,肿得那叫一个姹紫嫣红。

孙涛说:"尧总在书房里打电话,沈先生,你这是怎么了?"

"别提,我倒霉,碰上个小王八蛋,下手真重。你去厨房帮我煮个鸡蛋,等会儿我揉揉脸。要是毁容了,我非要那小子好看……"

沈乘风骂人时的气场和尧驯截然不同,尧驯是沾着些匪气,沈乘风则带些戾气。

两个难兄难弟都碰上事了。

尧驯刚打完电话走出来,看见沈乘风脸上的伤。尧驯扬起眉毛,幸灾乐祸地说:"下个棋下到脸上去了?"

沈乘风"呲呲"地吐气,说:"我没空听你说风凉话,你又欠我个人情,我见不得你昨天的那个鬼样子,好心帮了你一个大忙。"

"说来听听。"尧驯坐在沈乘风对面。

"我和老李大战三百回合的时候,顺便找人查了一下宋怀文的底细。"

"查什么查?"尧驯脱口而出,"人家是干小本生意的,你能查出什么?"

"其实,我原先也没想查,就是琢磨着该在后背文个身了,我就想起宋怀文脖子上的那处文身。咱们这个屁大点儿的地方,一个厉害的文身师也好找,我就找人去问了。"

沈乘风也是稀里糊涂地顺手查到的,算是运气。

"敢情是一个已经不干了的老文身师文的,这人和宋怀文还挺熟,我就顺藤摸瓜问了下去。

"宋家三个孩子都是弃婴,出生在闹市区的三不管地带。他们运气好,被在附近纺织厂里干活儿的女工捡走,拼死拼活地挣钱供他们读书。宋怀文的成绩也很好，高中毕业后录取通知书都到了，一流的大学，宋怀文马上就能前程似锦。他的养母却病倒了。

"做手术要二十万，宋怀文只能跑去找冯军借钱，后来辍了学。两年前，他被追债的人砍到脖子，那道疤就成了现在的文身。

"宋怀文这人吧，命苦，但一直倔强地活着。

"尧驯，尧驯，给点儿反应啊！

"你有没有在听？"

…………

尧驯不大明白那些破道理，只晓得自个儿从天灵盖到脚底板都凉了。

尧驯从来没有变过，还是那个自己口袋里剩十五块钱，会把十块钱分给别人的傻瓜。

他依旧心软得一塌糊涂，根本受不了自己认识的人受苦。

下午四点，"老宋烧烤"的卷帘门被主人打开了。

宋怀文撸起袖子开始独自搬桌椅。一共要搬二十张塑料桌、八十多把椅子，除此之外，他还要把车子上的食材搬运下来，他手臂上的肌肉线条就是这样日复一日练来的。

张叔年纪大了，腿脚不好，瑶光和怀武都要上学，宋怀文理所应当地扛起了这一切。他的动作十分利落，衣服上全是汗，眼神麻木却坚定，脖子上的那处文身就像他心里的火焰。

身体再累也不想认命，他花了很长时间一步一步摸清生活的轮廓。

忽然间响起了动静,宋怀文从自己的思绪里清醒,动作一僵,缓缓扭头看向身后。

尧驯不知道什么时候来了,正在束手束脚地帮忙摆弄桌子。他抬起头对上宋怀文的视线,语气有些小心翼翼,却异常坚定:"我来得不算晚吧。"

两个人一起忙完这些琐碎的事情后就快到傍晚了。

晚霞漫天,天边像一池颜料打翻后的染缸。

宋怀文和尧驯都出了一身汗,模样狼狈,两个人肩并肩,一块儿坐在店门口的阶梯上歇息。

宋怀文把一瓶未开封的矿泉水拧开后递给尧驯。宋怀文唇线微扬,是天生的微笑唇,衣服上沾了不少灰尘,脸上却一干二净,白净清俊的面容在晚霞的映照下显得更加温和,宛若过去的那些事从来没有发生过。

"尧哥,辛苦了。"宋怀文依旧很客气。

"这哪算辛苦?我以前修车的时候,一天要搬八九个小时的车轮胎,还是不带歇息的那种。"尧驯笑道。

宋怀文思绪微滞:"修车?"

"对,你的车的发动机要是有什么问题,或者想改造引擎,都可以来找我。总之我会的东西可多了。刚出社会那会儿,我干过服务员、保安,你这儿要是缺人,我一个抵俩……"

宋怀文说:"手机新闻里说你是个很厉害的企业家。"

"什么狗屁企业家,我顶多算个活着的人,别听那些人在上面瞎忽悠、瞎吹牛。"

尧驯很诚实，愿意拿自己过去的那些破事说给宋怀文听，起码比自己一个人闷着好。

尧驯继续说："我没什么能耐，侥幸因为拆迁发了财，然后天天做梦梦见自个儿破产，那些钱挣着也烫手，这些年挣一笔就捐一笔，给我老家山区的那些地方做做建设，就有了新闻上那些什么慈善家、企业家的名头。"

"尧哥，你是个很好的人。"宋怀文低沉的声音中带着笃定之意。

尧驯仰起头喝水，然后继续碎碎念："不能光看脸，现在坏人可多了，像我这种长得像好人，实际上是坏人的人也多了去了。"

"我知道。"宋怀文淡笑。

尧驯的说话声不大不小，他从花坛上栽了新花说到养鹦鹉、下象棋，聊的东西都很接地气。这些琐事明明不值一提，却像火把一样能驱散寒冷，宋怀文第一次觉得听人说话还挺有意思的。

过了一会儿张叔也骑着电动车来了。他瞪大眼睛看着店门口的两个人有一句没一句地唠嗑，再定睛一看，这……这……这不就是手机上的那位吗？

张叔锁好了车后，立刻在身上擦了擦手，然后假装淡定地走进店里。

宋怀文店里的都是亲人，尧驯一看来人，立刻站起身，也在身上擦了擦手，主动和张叔握手："我是尧驯，你好，你好。"

两个人匆匆握完手后，宋怀文站起身，介绍道："这是张叔，店里的厨师。"

"张叔，你的手艺可真好，我公司的那伙人说吃了还想吃。看来订一个月是不够的，等会儿我就继续在你这儿订餐，这回订半年。"

尧驯这张嘴对上老人家就很好使，又嘴甜又讨人喜欢。

张叔矜持地点头："那就谢谢您公司里的小年轻们捧场。"

"不用客气，对了，叔，我中午没吃饭，现在有点儿饿了，我能点几个菜吗？"

"当然，来，跟我进厨房，想吃些什么？"张叔也自然而然地不拘束了。

"我都行，叔，我们走着？"

"你小心点儿台阶。"

宋怀文看着两个人的背影，有些失笑。他捡起地上两瓶喝到一半的矿泉水，做好标记后放在前台上。

人忙碌起来，风一吹，嘴唇更容易起皮、干裂，不喝水可不行。

入夜后，宋瑶光是和同学一块儿骑共享单车来的。

"哥，这是我的同学，也是我的室友，黄宁。"宋瑶光拉着人在前台边和宋怀文报备："黄宁，这是我哥，你以前见过的。"

黄宁点点头，很懂事地也喊了一句"宋哥"。她是个小美女，头发扎了个高马尾，显得很精神，穿着黑衣服、黑裤子，看来应该是经常做兼职，准备得很齐全。

宋怀文问："一天一百二十元可以吗？就晚上这几个小时来帮忙。"

"没问题，没问题，我都可以。"黄宁应了。

"那去吧。"

宋瑶光立刻拉着黄宁一块儿去帮忙点菜。

这时候帮张叔清洗了一遍厨房的尧驯走出来。他的袖子撸起，露出结实的手臂，外套放在肩膀上，身上有股匪气，看着又俊又痞，很有男人味。

黄宁扭头居然看见这么一个大帅哥，心下激动，觉得此人简直完完全全是按照她的理想型长的。她和宋瑶光咬耳朵："瑶光，那个人也是来店里帮忙的吗？"

宋瑶光还没意识到黄宁的心思，说："算是吧，你管他叫尧哥就成。"

黄宁明显在走神，又问："尧什么？"

"尧驯。"宋瑶光狐疑地问，"黄宁，你看哪儿呢？"

"看他呀。"

"不会吧，你……你……你看上他了？"

黄宁的表情羞答答的，她超小声地说："我对他，有点儿一见钟情。"

大排档的生意红火，尧驯帮忙给一桌又一桌的客人送去啤酒瓶，负责端菜的是宋瑶光和一个脸生的小姑娘。大家互帮互助，一时间忙碌却又气氛融洽。

宋怀武刚下晚自习就骑着自行车来店里。他看了看已经装满的泡沫箱子，提醒道："尧哥，你订的夜宵该送去了，要不然凉了不好吃。"

尧驯这才停手,把装满夜宵的泡沫盒抬上电动车,顺便抬手擦了把汗,再仰起头就对上了宋怀文的视线。

远远地,隔着喧嚣的人群,宋怀文的那句"路上小心"还是尧驯看口型推断出来的。

刚送走一桌人,结完账后,宋怀文站在前台后面歇息一会儿。刚好尧驯也不在,趁这个工夫,宋瑶光凑来前台露出了个颇为讨好的笑容,说:"哥,我和你说件事。"

"你说。"

"我同学,她看上尧哥了。"

"……"

宋怀文缓缓地抬起头,目光沉沉地盯着在不远处拿着把小扇子扇风的黄宁,从头到脚打量了一圈,思索片刻后继续低下头说:"知道了,还有事吗?"

"你这反应会不会太淡定了点儿?"宋瑶光嘟囔道。

宋怀文神色淡然,声音低沉又不失温和:"好好干活儿,少八卦。"

店里再次热闹起来,众人忙得晕头转向,下午被做好标记的矿泉水瓶放在前台上。

宋怀文拿起矿泉水瓶仰头喝水,清凉的液体涌入喉咙,缓解了焦躁情绪,呼吸方平缓了一些。

宋怀文再一抬眼,看见尧驯刚好回来,火急火燎地跑过来前台拿水喝。

尧驯问:"你给我的那瓶水哪儿去了?我清楚地记得还剩半瓶。"

宋怀文说:"可能丢了吧。"

尧驯喃喃:"不会吧,你的这瓶都还在。"

宋怀文把剩下的几口水喝完,脖子那处文身也一不小心沾上了水珠。

尧驯没办法了,只能重新去拿瓶新的矿泉水喝。

深夜是城市最寂静的时候,车水马龙的都市少了汽车的鸣笛声,环卫工人要到四五点钟才开始打扫街道。

大排档在深夜两点收了摊,门口那片平地得打扫干净,塑料的桌椅得摞起来搬回店里。

宋怀武在晚上十一点时就被勒令回家睡觉,宋瑶光和黄宁也回学校去了。

"老宋烧烤"里就剩下三个男人处理琐事,一起熬着漫长的夜。不过有尧驯帮衬,宋怀文和张叔明显轻松了很多。

拉下卷帘门后,张叔送了一盒卤牛肉给尧驯,很热心地说:"尝尝叔的手艺,这玩意儿可是新菜。"

尧驯想推托,却有点儿盛情难却,牛肉价格多贵,还这么一大盒,可不能让小宋亏本。他别别扭扭地偷看宋怀文的表情,结果被正主抓了个正着。

宋怀文站在旁边,因为太累,脸上没什么表情,嘴唇微抿,强打着精神笑了笑,说:"尧哥,拿回去吃吧。"

"好!张叔,我走了。"尧驯骑着电动车兴高采烈地回家,还扭头冲宋怀文挥了挥手:"咱们明天见。"

收摊后，宋怀文问了医院的护士，得知宋母已经睡了，探望不了，张叔就把电动车停在店铺的旁边，坐宋怀文的五菱宏光回去。

深夜的天空依旧黑着，周围寂静无声，风中还是那股腐烂垃圾的气息，可有些改变无声无息。

宋怀文站在巷子口目送着尧驯的背影越来越远，逐渐消失。

宋怀文上车后，听张叔说："怀文，人家小尧哪里麻烦？在我看来，他简直是最省事不过的小伙子了，又勤快又热心……"

宋怀文无端舒了一口气，回答道："叔，你说得对。"

尧驯骑着车都想给自己唱首曲子，不过想起自己那五音不全的铜锣嗓，还是作罢了。

他神采飞扬地回到家，停车、充电、上楼、开锁，动作一气呵成，非常漂亮。

他进门一看，孙涛应该回家陪老婆去了，就剩沈乘风这厮还阴魂不散地赖着不走。

茶几上摆着猪肘子和一碗毛血旺，沈乘风蹲着一边看球赛，一边吃。他抬头看见尧驯，笑眯眯地说："你还真会赶时间回来。"

尧驯条件反射地把打包盒里的牛肉藏在身后。

如果被沈乘风看见了，牛肉一定所剩无几。不成，他要偷偷吃完。

尧驯皮笑肉不笑地说："继续吃你的吧。"

然后他连忙跑进卧室，直接把房门反锁上了。

沈乘风立刻察觉出了不对劲。怎么回事？按照尧驯平时的德行，这人应该是勃然大怒，勒令他不打扫干净就把他揍死，这天怎么这么和颜悦色？

沈乘风满嘴红油，在尧驯的卧室门口猫着腰，说："尧驯，我知道你在里面，你别不出声啊，改天陪我去文个身吧。你说我文哪里显得比较有男人味？还有你再不买辆四轮车，我就连夜把车子开走，我让你骑着电动车去公司，让你的面子都丢进沟里……

"尧驯，你有没有在听？你快说句话——"

盘腿坐在床上的尧驯才没空搭理他，正眯着眼畅快淋漓地吃牛肉。

张叔的手艺简直没话说，牛肉做得特别好吃，嚼起来很劲道，调料又入味又香，再加上这种吃独食的感觉，尧驯更爽了。

唯独耳根子不清净，门口的人实在碍眼，说的那是什么屁话？

尧驯继续开开心心地咀嚼，快速吃完了这盒牛肉，践行了"一根牛肉丝都不留给沈乘风"的准则。

最终他拿纸巾擦干净嘴后才面无表情地去开了门。

沈乘风居然还一边啃猪肘子，一边在门口说："你这么快就肯出来，是把我的话听进去了吗？"

"听你个头，你迟早毁在你这张爱瞎扯淡的嘴上。"尧驯没好气地说道。

沈乘风忽然皱眉，感觉嘴里的肘子肉都不香了，说："有道理，我最近越来越倒霉，是该管住嘴皮子……"

尧驯真想一脚把沈乘风踹出门去，算了，眼不见为净。

深夜三点多，正在洗澡的尧驯把洗发水挤在头上揉搓。为了省水，

069

他把莲蓬头关了，玻璃门上水汽氤氲，他的眉毛上也湿漉漉的，俊逸的脸蛋也有些泛红。

没了淅淅沥沥的水声，周围寂静得很，他忽然听见放在外面的手机的振动声。

尧驯头发上的泡沫刚搓起来，模样又滑稽又喜感。他快速洗完了澡，擦干身体，顺带把湿漉漉的手甩一甩，坐在床上点开手机。

宋怀文："尧哥，到家了早点儿休息，晚安。"

翌日，尧驯起了个大早。他的面色虽然红润，可眼下挂着两个硕大的黑眼圈。

尧驯黑着脸绕着小区跑步，跑累了才停下来慢走休息，赶巧在转角处碰上了买菜回来的王婶。两个人聊了几句，王婶顺带提醒尧驯交朋友要多个心眼儿，别被坑了。

尧驯答应得好好的，便乐呵呵地回家了。

中午，尧驯再次下厨，秉持着饿不死的原则，活得十分粗糙。

尧驯不愿意点外卖，可最近夜宵的味道很好，和自己做出的饭形成了鲜明对比。

厨艺不好的人就不能吃太好吃的东西，要不然还怎么活？

尧驯坐在那儿的样子有些凄惨：一盘菜，一碗饭，加上一张空空荡荡的桌子。

他心酸地夹起烧得黑黢黢的猪血豆腐，心想：以前都是这么过来的，怎么如今就有点儿不习惯了呢？

他想不明白，神情茫然地拌着米饭把菜咽下去，迅速填饱肚子。

吃完饭后尧驯去洗碗。洗完后，他抬眼看着阳台，没了那只傻鹦鹉，还真有点儿不习惯。

沈乘风不知道是什么时候走的，还死性不改地发了一条微信挑衅他："我和新女朋友去约会，你继续独守空闺吧。"

第四章
蹭饭

宋怀文的家在市区边缘的一个极其老旧的楼区里，附近在修路，经常突然地停水停电。

市区有多繁华，这地方就有多衰败。

年久失修的路灯结满了蜘蛛网，在这儿住着的都是些念旧的老人，很少有年轻人愿意留下，所以许多户人家搬走了，导致夜晚漆黑一片，破败得让人心慌。

张叔和宋怀文没去店里时就一起搭个伴吃饭，用一张折叠桌、两盘菜和两碗饭对付着过活。

做厨师的人味觉很重，张叔知道宋怀文不爱吃咸，经常弄些清淡的菜。

这天张叔做了鲫鱼豆腐汤，宋怀文每喝一口汤，放在旁边的手机就振动一下。

张叔愣住，问："不看看吗？"

宋怀文喝完一碗汤后，抬起头，神情有些漠然地说："食不言，寝不语。"

"回微信也用不着说话。"

"……"

张叔埋头吃饭，随口催促道："万一有急事呢？快看看。"

"嗯。"

宋怀文这一声像是松了一口气，他点开消息，思考几秒钟后就回复了一句话。

等他意识到自己回了什么时，神情显而易见地有些呆滞。

麻烦的人何止一个。

宋怀文面无表情地拿筷子重重地戳了一下米饭。

尧驯："我做饭实在太难吃了，真的好想去张叔家吃饭。小宋，帮我问问叔，我自带碗筷，自己报销菜钱，可不可以去叔家蹭饭？"

宋："他住我对面。"

宋怀文不知道为什么张叔对尧驯的印象好得不能再好，明明才打了几个晚上的交道，张叔也不算很热心的中年男人，但打心眼儿里喜欢尧驯。

张叔正巧看见尧驯想过来一块儿吃饭的消息，顿时汤都不喝了，喜笑颜开地撸起袖子，预备把家里打扫一遍，还乐呵呵地说："我算是看出来了，这小尧就是冲我来的。"

宋怀文沉默。

"怀文，快帮我搭把手，我拿洗洁精顺便把厨房也洗一遍。"

"嗯，好。"

张叔一边拖地一边笑道："小尧这小伙子真的挺好的，也没那些个有钱人的臭毛病，又朴实又热心。等会儿我加他的微信吧，省得他因为我打搅你。"

宋怀文挤洗洁精的手微僵:"……"

"怀文,你的脸色怎么有点儿难看?要不然你先回去歇息。"

宋怀文帮张叔把灶台洗了一遍,手上拿着钢丝球,表情很复杂,说:"不用,叔,我帮你。"

"那好,对了,你把地址发过去了吗?"

"忘了。"

"这怎么能忘呢?正好,我亲自给他发,怀文,你的手机呢?"

宋怀文沉思了一会儿,动作迟疑,有些不大情愿,刚把手机递出去就铃声大响。

张叔的脸上又如沐春风起来:"他也太急了,这小尧真是。怀文,不用你替我接,我亲自来和他说……"

宋怀文缓缓地收回手。因为洗洁精挤多了,他手上滑腻得很。

他站在原地一动不动,盯着张叔上下看了一圈,古井无波的眼里涌出一股无奈之色。

"喂,宋——"

张叔打断了尧驯的话:"小尧,你找我什么事?"

尧驯顿了一下,说:"张叔,是你呀,我没什么事。叔,你怎么拿着小宋的手机?"

"我们在一块儿吃饭呢。"

尧驯立刻精神了:"那麻烦您把手机给小宋,我有话对他说。"

张叔笑容收敛,暗叹:原来不是找我的。

尧驯的语气失落又感慨,还有点儿告状的嫌疑:"叔,你得替我说说他,他不回我的信息就算了,还不告诉我你家在哪儿。"

张叔和宋怀文四目相对,目光充满谴责与疑惑之意,潜台词仿佛在说:你这是干什么?

宋怀文摇头:什么也没干。

张叔发来的地址离尧驯家还蛮远的,尧驯骑电动车估计要骑上一个小时多才能到。

思来想去,尧驯老老实实地打电话给孙涛,让他来送自己。

没过多久孙涛到了,恭恭敬敬地打开车门,顺带竖起大拇指夸赞:"尧总,今天的您格外帅!"

尧驯假装谦虚地咳嗽了一声,问:"真的假的?"

"这还能有假?"

尧驯扬起嘴角笑得找不着北,把手里大包小包的东西一股脑儿地往车后扔。

孙涛问:"这堆是见面礼?"

"对啊。小宋店里的厨师还是他的邻居。我昨天和那个叔叔一块儿在厨房里聊了一会儿,干厨师的人都有风湿病,我送些膏药和先前买回来的人参给他,其余是给小妹和弟弟的一些玩意儿……"

尧驯如数家珍,碎碎念道:"我在你没来前快把家里给翻遍了,没找到给小宋的礼物。你等会儿先送我去趟菜市场,我抓几只老母鸡和老鸽子,给小宋炖汤补补身体。"

于是在这个太阳高照的下午,一辆敞篷玛莎拉蒂穿梭在大街小巷间,开车的是个肌肉男,副驾驶座上坐着个玩手机的大帅哥,后座上有一堆东西,外加两只被红网裹着的老母鸡和四只扑棱着翅膀的鸽子。

前后差异过于生猛,乡土气息太过浓郁,看见的人们表示十分震撼。

宋怀文家在老城楼区的深处,路很窄,也坑坑洼洼的。

怕把玛莎拉蒂给整废了,尧驯说:"反正也开不进去,我自己提着走吧,你可以回去了。"

孙涛有些哽住,眼睁睁地看着原本"人模狗样"的尧总,现在左手两只鸡,右手四只鸽子,手腕上挂满东西。尧总穿着再好看的衣服也无法拯救这一幕,画面很不美丽。

他很想说:要不然我帮您拿着进门?

但尧驯根本没给他机会,提着这么多东西居然还能健步如飞,背影相当潇洒,走得比谁都快。

张叔一早就拉着宋怀文下楼等尧驯来。张叔还在巷子口走来走去地张望,一副等得很急切的样子。

屋子里被打扫得一干二净,还特地喷了什么空气清新剂。

张叔准备晚上给尧驯露一手,家里刚好还有条鱼和一些猪肉,可以做道红烧鱼外加水煮肉片。

宋怀文则背靠路灯,正低头发呆,睫毛的阴影打在眼下。他身材高瘦,不孱弱,也算不得强壮,不撸起袖子是看不出肌肉的。

水泥地破破烂烂,地上开着小花,大部分被苔藓围绕着。

宋怀文看得有点儿眼酸。

伴随着呼吸起伏，他的神色逐渐有些不知所措。

尧驯那样的人从不适合到这里来。

很多人厌恶贫穷破败的老城，因为垃圾随意腐烂，青苔气息扑面而来，住着的人们随地吐痰，甚至随地大小便，外头无数人避之不及。

宋怀文有时候觉得自己就像这片土地。他从不厌恶这儿，因为童年的所有美好回忆都在这儿，有关风筝、捉迷藏、玩伴和年久失修的秋千，吉光片羽般的回忆是难以忘怀的。

可人不能回头看，必须得向前走。

很可惜，他在原地踏步二十多年，还没能带着一家人走出去。

宋怀文漠然地抬起头，看着电线杆上的麻雀，心想：任何如尧驯那般好的人，都不会喜欢这里。

不远处尧驯一边认路一边骂骂咧咧。他发誓今晚必须得把这些玩意儿炖了，鸽子还能和老母鸡犯冲，两个物种居然还吵起架来，叽里咕噜地"咕咕"个没完没了。

尧驯劝又没法儿劝，只能伸直自己的双臂，让战局显得不是那么血腥残暴。

但那些鸡毛和鸽子毛还是飞在了尧驯身上，令他的头发丝上也挂着不少毛。

尧驯的表情快要崩溃了，但他一抬起头，就看到了路灯下站着的宋怀文。

尧驯跑过去说："今晚的母鸡炖鸽子汤，我要喝十碗！"

"……"

宋怀文觉得自己又错了。

尧驯总是能让他意想不到,还是以这样一种跌跌撞撞、别开生面的方式来见他。

或许有些狼狈,但自带笨拙与真诚,像暗沉天际里一道破晓的微光,一点儿就足以驱散黑暗。

宋怀文把声音放轻:"好。"

张叔弯腰去把老母鸡和鸽子抓起来,一边捡东西一边说道:"怀文,赶紧带人上楼。小尧,你也是,来就来,非带这么多东西。"

"叔,别和我客气,这见面礼是必须的。"尧驯笑起来像只得逞的狡猾狐狸,奈何插在头上的是鸡毛,好比一个穿着高定西装的T台模特没去走秀,反而去正儿八经地开拖拉机下工地。

画面粗糙、滑稽,视觉反差的冲击力太大。

再好看的人也不能被"祸害"成这样,宋怀文有些看不下去,居然没忍住扭头低笑。他这人笑起来也藏着三分生动意味,很含蓄,眉眼弯弯,眼底有光,没再装出一副温润镇定的模样。

三个人上楼进门,宋怀文和尧驯把那些礼物都放在沙发上,张叔则拎着鸡和鸽子进厨房。这天尧驯上门,他特别高兴,就提早把晚饭做了。

而尧驯带来的老母鸡和鸽子得明天才能做——汤讲究鲜美醇厚,有滋有味,得炖很久才入味。

尧驯在沙发上分东西,和宋怀文解释哪些东西是送瑶光的,哪些东西是送怀武的,然后抬起头说:"我可以帮你提进你家里去。"

宋怀文姿态散漫地坐在沙发上,手指轻轻地摩挲着裤子口袋,也没说是答应还是拒绝。

尧驯一转头就能看见宋怀文的家门。

张叔赶巧拿着锅铲探出头来说:"小尧,你明天早点儿来喝汤,瞧你今天匆匆忙忙地来,我也没准备,家里没什么菜可招待的。"

"叔,别和我客气,以后还得多麻烦您。"

"你常来我也高兴,今晚你瞧好,我给你做拿手菜。"

宋怀文没说话,认认真真地替尧驯把身上和头发上的鸡毛摘下来,神色相当专注。

三个大男人坐一桌,有尧驯这讨喜话多的人在,气氛比先前热闹多了。

张叔贴上尧驯送的膏药,着实感慨着尧驯人忒好,老会关心人了。

桌上红烧鱼的摆盘相当漂亮,外加一大盆水煮肉片,还有较为清淡的紫菜蛋花汤。

尧驯主动去摆筷子摆碗。他先给宋怀文盛了汤,再是张叔,最后给自己。

张叔重重地拍了拍尧驯的肩膀,说:"你就把这儿当自己家,别客气,快尝尝看吧,叔这道鱼当年可是拿了厨师比赛的一等奖。"

宋怀文喝了一口汤,然后抬起头端详尧驯的表情,发现尧驯难得面露难色,看上去蛮纠结的。

尧驯的心情确实复杂得不行。他天生性子急,每回吃鱼一定会卡刺,可他也绝对不能驳了张叔的面子。

他快速夹起一块鱼肉,深呼吸,尝试给自己剔鱼刺。

尧驯自认应该不会出现意外，将鱼肉塞进嘴里想赶紧咽下去，结果立刻翻起了白眼——还是被卡着了。喉咙疼死了，他连忙站起身跑去厨房垃圾桶那儿咳嗽。

张叔也急忙过去给他拍后背，出主意："那些个吃醋、吞饭团之类的土方法不科学，小尧，你没事吧？吐得出来吗？"

尧驯被鱼刺卡出生理性反应，眼角湿润，泛着微红，可怜劲儿十足，还抬头对张叔说："叔，我没事，你们吃，我打小就挑不来刺，不过叔的手艺真好，这鱼真好吃……"

"你快吐出来，说这么多话不怕疼？"

"疼也要吃，可不能浪费你的心意……"

宋怀文站起身的动作停滞，他还是坐回去默默地夹出一块鱼肉，专心替尧驯把刺剔干净，再把鱼肉放在尧驯的碗里。

他确定这回不会有鱼刺卡尧驯的喉咙了。

尧驯在厨房折腾了蛮久，一回来看见自己碗里堆着满满的剔好的鱼肉，难以置信，他的眼睛都亮了起来。

张叔让他敞开了肚子吃。

尧驯这才收回视线，老老实实地吃饭。

吃完饭后尧驯让张叔去休息，和宋怀文一块儿在厨房洗碗。

狭小的厨房里站着两个身高都过一米八的男人，显得更加逼仄，老旧排风扇不断旋转，转得尧驯眼花缭乱。

过了一会儿，尧驯一边搓筷子，一边语气相当认真地说："从来没有人给我剔过鱼刺。"

"……"

宋怀文的手浸泡在水里,他漫不经心地问:"没有吗?"

"因为我妈不太会做饭,家里的鱼也是拿去卖钱,我第一次吃鱼还是很小的时候,过年邻居有一个大伯给我夹了一块豆豉炒的咸鱼干,那滋味别提多好。"尧驯停顿了一会儿继续说,"忘了是多少年前了,反正我离开家后就再也没有吃过那么好吃的鱼。当时我还贼蠢,不知道鱼有刺,弄得喉咙卡出血来。"

"吃鱼要小心。"宋怀文再次把碗浸泡进洗手池里,转了话题,"尧哥,你不大像本地人。"

宋怀文白净修长的脖颈上有个独特的文身——火焰里的荆棘,一个披荆斩棘,一个燃烧万物,如宋怀文这个人般复杂。

尧驯盯着宋怀文脖子上的文身看了几秒,笑得十分没心没肺,说:"我是利山县黎西村人,离这儿十万八千里,那儿山好水好,不过没什么钱。我老家有块很大的稻谷地,小池塘里都是青蛙,还有开得红艳艳的映山红。我小时候最喜欢在山里玩,后来为了赚钱不得不离开,也就很少再回去了。"

宋怀文的指尖被水泡得发白肿胀,他问:"过年也不回去吗?"

"过年图的是一家团聚,这对我这人来说没什么意义。我爸早年死在矿洞里,之前不是和你说过我有个弟弟吗?其实他刚出生没多久就死了,我妈因为伤心,没几年也就去世了。"

尧驯对这些不好的往事一笑了之:"虽然这些事听上去有点儿惨,但我没想那么多,知足常乐。我现在有朋友,有称职的助理、秘书,还有只爱骂人的鹦鹉,更有几百个指望我发工资的员工。

"特别是自打碰上你以后,我就觉得跟你特别投缘,想跟你交个朋友。"

宋怀文听了这话后笑了笑,没再说话。

之后三个人一块儿坐着五菱宏光去店里,张叔自然而然地坐在副驾驶的座位上。

张叔说:"小尧,你胃口真不错,这顿饭多亏了有你在,要不然那些菜就浪费了。"

尧驯颇为羞耻地小声反驳:"叔,我饭量其实不老这样……"

"你这样好啊,年纪轻轻吃三大碗米饭多正常,吃了身体硬朗。"张叔看了一眼开车的宋怀文,关怀地说道,"我看手机公众号里说你爱好健身,你以后可以多带着怀文一块儿,他就是太瘦了。"

宋怀文目光深沉地往后看,无奈地说:"我体重正常。"

"正常归正常,你天天闷在屋子里,也该多出去走走。我腿脚不利索,你有空的话,可以和小尧一起呀,你们年轻人在一起可以聊的话题也多。"

尧驯在心里悄悄接话:我每天都有空。

宋怀文如实回答:"晚上店里离不开人。"

张叔:"不是还有白天吗?买菜加工的事我来就行,你也该散散心去。你妈上回特地交代你少忙些,别把自己逼得太紧。"

车缓缓开出那片楼区,宋怀文"嗯"了一声,没再说这个话题。

张叔上的新菜酱牛肉和炒粉很受欢迎,回头客络绎不绝,他们对这店里清一色女靓男俊的服务员也很满意。

不过见服务员都是一副疲惫忙碌的模样,他们也不好过来搭讪。

宋瑶光和黄宁忙里偷闲地咬耳朵,不知道聊到什么,两个少女对视着齐齐一笑。

另一边,前台有个女大学生在和宋怀文搭讪。

女大学生大胆得很,开门见山地说:"帅哥,我都来五回了,这次你总得给我个电话号码吧,要不然我可真赖着不走了。"

宋怀文随手写下错误的电话号码,并在纸上写下"抱歉"还有"谢谢惠顾"等字眼。

女大学生拿着那张点餐单神色微愣,也没来得及痴缠,过后就被身边的人叫走了。

尧驯从旁边路过,笑眯眯地看着人越走越远。

翌日,尧驯刷牙洗脸过后,顺便把刚冒出来的胡楂儿刮干净,这回身上清爽了。他惦记了一晚上的母鸡炖鸽子汤,这天势必要喝到嘴里。

他正准备出门去小宋家,手机铃声忽然响起。他狐疑地眨了一下眼睛,又出什么事了,沈乘风居然打电话过来?

他放下剃须刀,接通了电话。

"我找你是因为今天我又分手了,快陪我去趟庙里上香,除除霉气。"

"我有事去不了。你但凡少泡点儿妞,别说霉气,财气都更好。"

"我就知道你不讲义气,狗尧驯。"

"知道你还问。"尧驯忽然想起来一件正事,"对了,孙忠南那家伙的老婆孩子现在在哪儿呢?"

沈乘风回道："孙家的财产充公,他名下的房子、店铺和公司全都没了,孤儿寡母能去哪里,估摸着回娘家去了吧……"

"孙忠南虽然不是个东西,但他老婆人不错,早年我当保安看停车场,她顺手帮过我。"尧驯深思熟虑后说,"我得还他老婆一个人情,正好上回那笔项目的尾款补齐了,我手里还剩小几百万。"

沈乘风无奈地说道："你是积德行善还是给别人送钱?非亲非故的没必要帮太多,你去帮一把我没意见,可现在人与人之间大部分是农夫与蛇的故事。"

"前面那话我明白,但是关蛇和农夫什么事?"尧驯不解地问。

沈乘风哽住,好半天才憋出一句话："尧驯,你没有童年。"

"……"尧驯挂了电话暗自嘟囔,谁说他没有童年,主要是当年光顾着去山里捉蛐蛐儿了。

把衣服穿好后,尧驯叫孙涛来接,顺便打电话给罗娜,让她查一下孙忠南的老婆在哪儿。

尧驯有些守旧,很多习惯都在他的血液里流淌,没有变过。他这辈子只想老老实实地做人,知恩图报,不祸害社会,然后安安稳稳地过好日子。

孙涛来得很快,十一点半就送尧驯到了要去的地方。尧驯下车后头都没回,背对着孙涛挥手："回家陪老婆去吧,不用管我。"

孙涛沧桑地喊道："尧总——"

"什么事?"

孙涛大声提醒道:"您别光顾着笑,千万要看路,前面有个下水道没井盖,您别摔着——"

说时迟那时快,尧驯一转身脚就踩空了。幸亏他反应快,双手死死扒拉住井口周围,拼命凭借臂力爬了出来。

尧驯的屁股微微发麻,但人没掉进去已经是运气好,他再次感慨老天爷保佑,又皱着眉看了圈周围。

他招呼孙涛一起去不远的山包上搬来一块大的石头,死死地卡在井口上,充当井盖,省得还有人踩空。

尧驯这下累得不轻,嘴里还吃进去不少沙子。他抬手擦了擦汗,皱着眉低头一看,黑色的新衣服上也全是灰尘,裤子膝盖那儿好像还撕开了一个口子,像刚干完粗活儿的工地老伙计。

宋怀文和宋瑶光正巧提着菜回来。张叔说要好好款待一下尧驯,就嘱托他们去买菜。

宋瑶光特地没在食堂吃,一早回家,想和尧驯一块儿吃饭,本以为尧大帅哥会比在店里更帅,结果看见了这一幕。

她没忍住笑出了声:"哥,我们快过去吧。"

宋怀文声音低沉地问:"笑什么?"

"哪敢,我就是觉得尧哥太有意思了。"

宋瑶光忍了一会儿还是憋不住,提着塑料袋过去和尧驯打招呼。

尧驯的表情僵住了。他刚想叫孙涛带自己回家洗个澡,换身衣服再来,一扭头就看见宋怀文正在自己身后。

尧驯的脑回路清奇,还有些异常的正义感作祟,这时候他居然还说:"偷井盖的贼,全都该被抓起来游街示众……"

宋怀文愣了几秒钟，然后"嗯"了一声。

宋怀文用手替尧驯拍干净衣服上的那些灰，就是破了的裤子有点儿不大好处理。他温和地说道："跟我回去换一件吧。"

尧驯没意见，高高兴兴地回道："行。"

这是尧驯第一次走进宋怀文家里。客厅悬挂着老式的电风扇，家具都很普通，整体异常干净整洁，房子不大，每个角落都布满生活气息。

尧驯正懊恼自己鞋底灰多，踩着进来弄脏了地板，提醒自己下次一定要干干净净地来。

反正开饭前要洗个澡，尧驯把外套脱了，突然后知后觉，有点儿尴尬地抬起头。

宋怀文见状，把装满菜的塑料袋递给宋瑶光，说："把这些菜送过去给张叔，我们过会儿就去。"

宋瑶光立刻走人。

尧驯洗完澡后穿好衣服，小心翼翼地用手摸着裤子，刚好合身。他扭开门把手后把毛巾挂在湿漉漉的头发上，显露出俊逸的五官。他露出了一个大大的笑容，比先前在外面市侩精明的笑容真实太多。

尧驯走出宋怀文的家，张叔家的大门敞开，屋里的折叠桌上放着一张圆形桌面，因为人多桌子小坐不下。

菜满满当当地算是上齐了，老母鸡汤和鸽子汤分开炖，蒜蓉虾、东坡肉、炖蛋……各种各样的菜，张叔实打实地用过年的礼数正儿八经地招待着尧驯。

宋瑶光拧开了那瓶鲜橙多，看见尧驯就笑道："尧哥，快进来，怀武马上到。"

"那你哥呢？"

"在厨房。"宋瑶光大声喊道："哥，快出来。尧哥，先上座。"

宋怀文缓缓地走了出来，撸起黑色长袖，衬得手臂更白。他拿着一瓶稻花香放在桌子上，没吱声。

过了一会儿张叔搬出一箱啤酒，宋怀武这时候气喘吁吁地跑上楼，高兴地说："我回来了。"

"快进来坐，人齐了，那就开动吧。"张叔笑得满面春风。

尧驯和宋怀文肩并肩坐得近，张叔坐主位，宋瑶光和宋怀武两个学生不喝酒，都守着那瓶鲜橙多坐。

张叔给尧驯满上酒。尧驯眼睛眨都没眨，将酒一饮而尽。

宋怀文则安静地喝汤。他的睫毛很长，整个人坐在那儿腰笔直，像个文质彬彬的读书人。

张叔开了那瓶稻花香，十年酿的白酒，不算名贵，但用来待客再合适不过，入口浓烈，酒香回味无穷。

尧驯与张叔欣然碰杯。他早年参加过无数酒局，很多富商想灌醉他来忽悠钱，结果都吃不了兜着走，"酒桶"的外号也被传得神乎其神。

尧驯和张叔高高兴兴地喝酒吃饭，话匣子也随着一口菜一口酒慢慢地打开了。

张叔说起他当年去过各个地方学厨，从洗碗工干起，再到当上主厨，后来在外地飘不动，回家开餐馆，也就正式和宋母成了邻居，一晃二十多年过去，时光不饶人。

张叔一边说一边看宋家这三个孩子,一个一个都长大了,看着就让人欢喜。

酒过三巡,宋瑶光和宋怀武要上学,吃完饭都离开了。

张叔喝得迷迷糊糊还不忘记招呼尧驯:"小尧,你不准走。晚上叔给你再秀两手好菜!"

"我不走……"尧驯喝得脸庞微红,趴在桌子上傻憨憨地笑着。

宋怀文滴酒未沾。他把张叔背回卧室,顺便喂了解酒药。

张叔沾床就打起呼噜,沉沉入睡。

现在才下午一点多,他睡两三个小时应该能醒。宋怀文了解张叔,张叔酒喝得再多也不会耽误开店做生意。

现在唯一麻烦的就是在桌子上趴着的尧驯。

桌上一片狼藉,宋怀文把垃圾倒入桶里,把盘子丢进水池,开始洗碗,然后还把地给扫了。

这些活儿都干完了,宋怀文在厨房里匆匆用水洗了一把脸,才将尧驯搀扶到了沙发上。重归重,但这人异常听话,他紧闭着双眼,脸颊泛红还带笑。

宋怀文对尧驯说:"回家还是留下?"

"回去……"

被丢进后车座的尧驯横躺着,那双长腿要屈着才能躺下。这姿势好酸,他嘴里时不时哼哼唧唧地蹦出一些话。

红灯结束了,车子可以继续行驶,尧驯小声嚷嚷:"宋怀文……"

"我在。"

车外人来人往喧嚣不息,宋怀文目视前方行走的车道,一路畅通无阻。

尧驯的手机里存的家的地址很好找。

五菱宏光进入小区后,宋怀文拔下钥匙,将尧驯送到家后,尧驯的酒就醒了。

宋怀文规规矩矩地坐在沙发上,低下头看地板,声音很轻地问:"尧哥,鹦鹉呢?"

尧驯倒水回来,把玻璃杯放到离宋怀文很近的茶几上,说:"在沈乘风那儿,下回拉他出来一块儿吃个饭吧,就当认识认识。"

"嗯……"

宋怀文觉得有些渴,抬手拿玻璃杯,喝水喝得很认真。

尧驯坐在宋怀文旁边问:"那你等会儿回店里?"

"嗯,五点了。"

"这么快……我这趟回来,因为晚上有点儿事,不能去店里帮忙。"尧驯说。

吃饭中途罗娜发来消息说找着孙忠南的老婆孩子了,这种事拖得越久,他就越不放心。

宋怀文思考了一会儿,说:"那些夜宵我送过去。"

"我叫孙涛去拿就成。"尧驯连忙说。

宋怀文笑着点头表示知道。水喝完了,他把玻璃杯轻轻放在了茶几上。

宋怀文扫视了一遍屋子,有些乱,柜子上是些生活用品,唯一的一本书在茶几上。他还发现了夹在书里面的名片,皱褶很多,是之前被自己扔在垃圾桶里的那张。

宋怀文清晰地明白自己之前私下扔掉名片的行为并不好,说:"尧哥,你可以重新把那张名片给我。"

宋怀文开车走了,尧驯盯着书笑了笑。

夜幕降临后,尧驯把今天发生的事一五一十地和沈乘风说了。

沈乘风沉思了一会儿,很敷衍地恭喜尧驯:"我感觉宋怀文要回那张名片的意思是他把你当作朋友了。"

闹市区的大排档热闹得很。

这天尧驯不在店里,宋怀文手机里的消息停留在尧驯下午发来的那句话上。

尧驯:"听张叔说你不爱吃早点,明天我买好送去你家。"

从厨房里走出来的张叔说:"对了,小尧没来,这小子的酒量和我有的一拼,也不知道他现在醒没醒。"

"醒了。"

宋怀文低头将手里的矿泉水瓶捏得变形,走出前台。

店铺旁边有条黑漆漆的过道,里面的垃圾桶是宋怀文买来的,用来装空瓶子和废纸,也算变废为宝,积少成多。

宋怀文站在黑暗的过道中,默默点开手机发消息:"好。"

孙涛继续当司机,沈乘风和尧驯坐在后面。

尧驯抬手松了松衬衫领带,呼吸也顺畅了些。他脸上笑意全无,神情冷峻,锐利上扬的眼尾被女人的指甲划出一道泛红的痕迹。

孙忠南的老婆精神上有些失控。

丈夫中年迷恋赌博，公司破产，又要坐牢，一个家庭被彻底毁掉，她带着还在上小学的儿子住在酒店里日日夜夜地哭。

当她看见尧驯上门时，第一反应是歇斯底里地尖叫。她问尧驯为什么不劝自己的丈夫停手。

她无能到怪罪身边人，甚至怨恨尧驯。

沈乘风在旁边看得感叹不已，也不好多说什么。

尧驯默然。他放下一笔钱离开时，满脸苍白的小孩儿一边安慰号啕大哭的母亲，一边轻声对尧驯说："谢谢您，尧叔叔。"

那一刻尧驯怅然若失，原来他什么也帮不了。

沈乘风知道尧驯心里不好受，摁下车窗，指着外头的高楼大厦说："咱们从前连踏进那栋楼的勇气都没有，现在另一栋比这更高的楼，是咱们出钱建的。

"我这些年把钱用来买车、买房，心里面很虚，越来越不知道自己究竟要什么。

"不瞒你说，我小时候的梦想是成为第二个雷锋，为人民无私奉献……结果，如今成了这副德行。"

听到这儿，尧驯没忍住笑出声，拍了拍沈乘风的肩膀，说："行了，别扯犊子了，你这点儿人话说得怪肉麻的，听得我都想揍你一拳。"

"狗尧驯。"沈乘风咬牙切齿地骂，"你欠了我多少人情？你自己算算。"

"下次一并还。"

"这还差不多。"

话音刚落，沈乘风就接了个电话，大抵是他的新女友打来的。

尧驯伸手打开车窗，抬起头看向夜空。

这天晚上没有星星，风格外清爽。他们路过的风景里高楼林立，灯火通明，可生活不是靠仰望高楼就能得到幸福的。

尧驯把脑子里的那些破事甩开，弯起嘴角想念小区里的邻居们，想念大排档里的每一个人……

他做尧总的时候，要和那些没良心的富商打交道，人人脸上虚伪地挂着一张皮，分明是豺狼虎豹，却都装模作样地称兄道弟。

尧驯还是喜欢当"小尧"和"尧哥"，可以不修边幅，可以去超市里买打折的特价蔬菜，也可以在街头吃臭豆腐和冰糖葫芦……

尧驯立刻拨电话给宋怀文。

宋怀文接通了电话，把手机压在右耳那儿，清晰地听见了尧驯有些疲惫和委屈的声音："小宋，你尧哥我今天累着了，挺多不好的事，但得亏了你在。你呀你，有没有把我当朋友？

"你老实说，说错了尧哥也不怪你。"

宋怀文站在外面，夜风拂过他的脸颊。他的言辞过于匮乏，但他说得格外认真："有。"

尧驯被短短的一个字取悦了，声音都洪亮起来："冲你这声'有'，明天尧哥亲自给你买油条豆浆，还有我的小区门口最好吃的牛肉粉。"

宋怀文扬起嘴角淡笑，没有问发生什么事了，只认真听尧驯说的每一句话，再认认真真地回答："好。明天见。"

尧驯看着车窗外也不再沮丧，他一下子被宋怀文带回了人间。

第五章
看电影

清晨,窗户外的麻雀和周围老人养的公鸡一块儿演奏交响曲。

宋怀文推开窗户,发觉这天是个难得的雾蒙蒙的天气。

宋怀文提着红塑料桶去天台上晒衣服。他的睫毛上沾了些水,动作停滞片刻,他忽然听见楼下传来脚步声。

宋怀文轻轻地把衣架放下,走到天台栏杆那儿往下望去。

"你怎么在那儿呢?"尧驯眼尖看见了人,仰起头冲宋怀文笑。尧驯的手里提着三碗打包来的热乎乎的牛肉粉,还有豆浆、油条以及张叔喜欢吃的花卷和包子。

他怕路上变冷了,拿着几个暖手宝焐了一路。

宋怀文:"晾衣服……尧哥,路太远了。"

尧驯:"不算远,我现在上楼,快来给我开门。"

"好。"

张叔吃上了热腾腾的早点,有些受宠若惊,顿感尧驯是个难得的贴心人。

他们坐在那儿话家常,气氛很好。

尧驯却忽然接到一个电话，是秘书罗娜打来的，说车票已经买好了。他放下筷子，起身时动作很轻，轻飘飘地溜去外面楼道打电话。

而宋怀文默默地看着自己碗里的牛肉片，每碗粉里都只有三片肉，薄如蝉翼，可能现在做生意的都这样，物以稀为贵。

张叔喝了口豆浆，嘱咐道："得好好谢谢人家小尧。"

宋怀文点头后继续走神，咬了一口尧驯说好吃的油条，任由豆浆的热意蔓延全身。

吃完早点后，尧驯借着倒垃圾的名义，拉着宋怀文一块儿下楼散步。

他们扔完垃圾后没有原路返回。

这片老小区有处老年健身器材，蛮破旧的，人隔着老远都闻得见铁锈味，记忆中的秋千也早就承受不住任何重量。

宋怀文说："这里以前挺热闹，不少小孩儿放了学就回来打打闹闹，声音很大。"

尧驯推了一下年久失修的秋千，听到了一声"嘎吱"的声音，问："你当时在干什么？"

"应该在看书、打扫卫生、做饭……"宋怀文的语气没有怅然若失，他只是平静地讲述着平常的事，声音很轻，"尧哥，你呢？"

"我老家全是山和田，没有秋千和这些，不过我骑过牛和猪，虽然都被它们一蹄子踹了下来。"尧驯皱起眉，似乎现在还在后怕，说，"我就是天生和鹅犯冲，当年被一窝记仇的大鹅一追就追了半个村，屁股都差点儿被咬开花。"

宋怀文立刻说："前面拐个弯，魏婶家也养了一只。"

尧驯立刻攥紧拳头,心想着,大老爷们儿怎么会一朝被鹅咬,十年怕大鹅呢?但下一秒尧某人就老老实实地躲在宋怀文身后,还虚张声势地说:"别吓唬我,你尧哥我可不是被吓大的……"

宋怀文神色淡定。

下一秒,那熟悉的鹅叫声果不其然地就传出来了。

尧驯有些后怕:"居然没忽悠我……"

宋怀文笑着说:"没骗你。"

两个人走到楼下了,楼上的张叔推开窗户喊道:"小尧,中午留下吃饭吗?"

尧驯立刻仰起头回答:"叔,我得回趟老家,过几天再来。"

宋怀文闻言蹙眉。

尧驯光顾着和张叔耍宝,有些神经粗地忘了把这事告诉宋怀文。

他和张叔说完,扭头一看,宋怀文呢?怎么就一个人上楼了?

尧驯拍拍自己的脑袋,这才反应过来,立刻上去解释道:"我回家给我妈上坟,后天就回来。台风真的快要来了,你还开店吗?要是开的话,我一定赶回来帮忙……"

宋怀文进屋里拿好车钥匙,情绪收敛,头也没抬,很平静地问:"几点出发?"

"快了,十点的票。"尧驯头一次看宋怀文发脾气,神情冷冰冰的,像个闹别扭的小孩儿。

宋怀文语气平平地说:"我送你。"

"不用,孙涛那小子……"

宋怀文问:"还是我送吧,车比较近,方便。"

"那好，就你来送吧。"

尧驯老老实实地坐上副驾驶座，把安全带系好，和宋怀文一块儿回去拿行李。

火车站适合离别，尧驯与宋怀文一个在说，一个在听，一个生动敞亮，一个温和内敛。

尧驯："我今天去，后天就回。"

宋怀文轻轻地点了一下头，说："该检票了。"

火车要坐十七个小时才能到市里，到了尧驯还得转坐两个小时的班车到县城，再打个摩的去村里。

自打亲妈离开人世以后尧驯便鲜少再回去。近乡情更怯，他对老家情感复杂，回来一次就要伤心一次。

人多愁善感不是什么好事。

尧驯躺在卧铺上看火车外一望无际的田野和群山，拿手机拍完照发给宋怀文。

中午尧驯用一顿方便面对付了，晚上换了另一款拌面。他和周遭赶路的人们没有任何区别，都是芸芸众生里的一个过客，谁也不知道谁经历了什么事。

尧驯下火车时是深夜三点，气温低到了十摄氏度，有些凉飕飕的。幸好他穿着一件夹克外套，一边推着行李箱一边出站。

他不经意间扭头，看见身前身后都是熙熙攘攘的人们，一个个提着行囊，孤零零地赶路。

幸好眼下自己知道去什么地方，也知道能回什么归处。

尧驯走出火车站后推着行李箱走了十分钟，相当熟门熟路地走向客运站的座椅坐下，问了打瞌睡的值班员，值班员说最早的班车要等六点。

尧驯早就习惯了这样的奔波劳碌情况，又在火车上睡过了，现在一点儿也不困。他站在外面仰起头看夜空中那轮月亮，活像个银盘子。

还有两个小时天就亮了。

尧驯给宋怀文打了个电话报平安。

医院病房里，宋母提醒在削水果的宋怀文电话响了。

宋怀文放下水果刀，果断地转身出了病房。

宋母有些担忧，问在旁边快睡着的宋瑶光："要债的？"

宋瑶光迷迷糊糊地说："是尧哥，大哥的……朋友……"

"困了快睡，你们呀，都辛苦。"宋母叹了一口气，说，"不用老来陪我，护士照顾得好好的。"

宋瑶光清醒了些，开始向母亲撒娇："来陪你我也高兴，而且妈，我跟你说。"

"什么？"

"你不觉得大哥最近没那么闷了吗？"

宋母也附和着说："看着是更有精神了。"

"这就对了，您好好养身体，等出院了我们家有的是热闹。"

宋瑶光说完去接替大哥的活儿，继续给妈削苹果吃。

尧驯："那什么时候我去瞅瞅阿姨？我这人可讨老一辈人的喜欢了，十个邻居九个对我印象很好……"

尧驯的性格完全符合宋母没病倒前最喜欢的儿子的类型。

宋母有时候纳闷,大儿子养得看似温和,实际却沉默寡言,闷葫芦一个;小儿子又是个一根筋啃书的人,也不怎么爱说话;幸好二女儿性子活泼开朗,要不然她都不知道找谁去说话。

宋怀文:"好。"

宋母抬起头听着外头的声音,自言自语:"这样好,好啊,这样才像个年轻人。我也少操心,儿孙自有儿孙福……"

宋瑶光也听得直笑,咬了一口苹果,发出清脆的"咔嚓"声。

出了医院,宋怀文的通话还没有挂断,从里头传出很浅的呼吸声,尧驯似乎在座椅上坐着打瞌睡。

宋怀文固定好手机之后目视前方,准备开车把宋瑶光送回学校。

熬夜熬得头疼的宋瑶光眼下发青,迷糊地问:"哥,你的手机就剩百分之十一的电了,为什么还不挂?"

周围的车辆很少,宋怀文有条不紊地行驶着,说:"晚上不安全,小偷儿多。"

宋瑶伸手去拿抽纸,嘀嘀咕咕地说:"尧哥在客运站里,都有监控的,总不可能手机丢了,人也丢了。"

"出门在外,小心为上。"宋怀文一板一眼地解释。

宋瑶光无奈地回答:"尧哥可不是我,他厉害着呢,哥,你放心。"

刚巧把瞌睡虫掐死的尧驯听见两兄妹的对话后彻底精神了。他眨了眨眼睛,嘴角上扬,欢快地说:"是,小妹说得对,我可太让人放心了。"

翌日中午，赶巧在吃饭的时候下起大雨，幸亏宋怀文一早把衣服收了。

外头黑云压城，风在猛烈地刮着树木。

张叔看这乌黑的天，想让宋怀文别出去买菜，雨天路滑，万一摔着碰着可怎么办？开车也危险。

宋怀文默默地站在一旁，听雨声和风声相互折腾，很吵。这场雨等得不算久，文南市的台风天还是来了。

之后几天雨会越下越大，宋怀文打开手机看了一眼尧驯老家的天气，有些冷，但好歹是大晴天。

宋怀文出发前把黑色鸭舌帽戴上，灰褐色的雨靴也派上了用场。他脸庞白净，蹙眉时则显得有些凉薄，唇珠紧紧挨着下唇。

他撑开伞走进雨幕里时，打开手机，脸上的表情逐渐变得阴郁。

手机收到了一条匿名信息："月底了，欠债还钱，宋怀文，你可别忘记。"

脚底下的积水肮脏寒冷，风狠狠地灌进衣领，宋怀文像不知道冷似的，站在电线杆下低头看那些青苔，看泥泞中开出的那些细碎的、不漂亮但好养活的花。

再烂的泥里，也总有花开得大张旗鼓。谁知道土里有多少种子？

宋怀文再没有回头。他上车后打开雨刷，前方视线虽然模糊了些，但路上车辆与行人都极少，还算安全。

这天他若不去，晚上的生意也就没法儿做了。

宋怀文为了方便搬运东西，把伞给了路上一个背着书包的小姑娘。他把鸭舌帽脱下，穿着雨衣去了菜市场里。

杀鱼的老板看他辛苦，说等雨小些亲自将鱼送去他店里。

宋怀文抬起被水打得苍白的脸，说了一句"谢谢"。

接下来的几个小时里他来来回回地搬运，从小米辣到孜然粉，箱子堆成了小山，最累的莫过于搬那些烧烤原料串的箱子，因为被冰冻过显得格外沉。

宋怀文把最后一箱东西扛在肩膀上，步伐微晃地往前走着，忽然被过路人撞了一下，背部因为撞到尖锐的箱子角而感到酸痛难忍。

他倒吸了一口凉气，眼睛被雨水冲得干涩无比，无法抬起头看清楚来人。

宋怀文抬起脚想继续前行，扶着箱子的手腕青筋凸起，极其骇人。

过路人是个也在搬运货物的戴斗笠的老爷子，骨瘦如柴，年纪比张叔还大，声音沙哑地说："对不住了……后生。"

"没事。"

宋怀文没有回头，也无法产生过多的怜悯之情。不是人人都能过得平安喜乐，衣食无忧，他能做的只是给家人和朋友遮风挡雨。

宋怀文活得一直过于清醒明白。

五菱宏光面包车后面放满了东西，雨衣被脱下来随意地覆盖在上面。

全身湿透的宋怀文脸色更显惨白。他钻进车里用纸巾擦干净手，残余的雨水顺着喉结滴进衣服里，全身早已冰冷刺骨。

宋怀文点开手机里尧驯发来的图片，看他发来的消息。

尧驯："我路过的时候看见一头牛，还有一群鸭子在'嘎嘎嘎'地叫，可好玩了。"

尧驯:"小宋,我老家的路修好了,来来往往更方便了,最关键的是去县里读书的小孩儿也轻松多了。"

尧驯还对着自己录视频,讲解身后一大片菜地和群山,什么松树、柏树和槐树,还正儿八经地当上了解说员,哪些野果子能吃,哪些草可以用来治感冒,他都门儿清。

尧驯发来的最后一条视频里,他头戴草帽,表情贼慌乱地一边跑,一边一个劲儿地对着镜头说:"找机会我一定带你回我老家,迟早要让你见识一下,被鹅追是什么样的场面。"

果不其然,尧驯镜头一转,身后就是气势汹汹、威武雄壮的大鹅们,一个个跟看着仇人似的看着尧驯。

宋怀文的手轻微颤抖,有些脱力。他只好发语音过去:"注意安全……尧哥,有机会一定去。"

他惨白的脸颊上看不出悲喜情绪,只是眼皮忽而颤抖,竟然有些难得的脆弱感。

宋怀文忽而在驾驶座上松了力气。他从来没有怕过世上的苦难和贫穷,也不会让自己沦为懦夫与逃兵。

调整好呼吸后,宋怀文刚想按灭手机开车前往店里,屏幕上却跳出了视频申请。他犹豫片刻后还是同意了尧驯的视频通话。

尧驯被草帽盖住一半额头,看起来有些粗糙,颇具喜感,但眉眼利落俊朗。

他皱着眉说:"你等我回去,我给你捉大鹅炖汤喝!你的头发和脸上怎么都是水?快擦擦,衣服是不是也湿透了?这大雨天你怎么开车还淋着了?"

"快回话,我不会是网卡了吧,不是说现在信号可稳定了吗?

"小宋……宋怀文——"

宋怀文摇了摇头:"没卡,就是有些累,没力气动。"

尧驯这才放心。他也不是没有经历过事的人,看这状况就大致猜到是怎么回事,语气担忧地说:"你等我回来,附近的菜市场,我都熟,那些个东西我来帮你扛。"

宋怀文努力扬起嘴角,笑得很克制,他忽然觉得也不是那么冷了。

"别光顾着笑,你等着,我现在上山去给我妈磕个头就坐车走人。等我回去,听见没有?!"

尧驯头一次用凶巴巴的语气和宋怀文说话,态度很强硬,不容反驳。

大雨天出门吃夜宵的人少,大排档里就几张桌子边坐着人,这还是开业以来的第一个清闲日子。

宋瑶光和黄宁在后厨帮忙洗菜,宋怀武因为下雨来不了,张叔和宋怀文在前台站着,等着收拾桌子。

大红棚子被雨水打得"噼里啪啦",声音刺耳。

宋怀文早脱了湿漉漉的衣服,换上一件灰色风衣和长裤,都是张叔早年的旧衣服。张叔怕他着凉,从家里拿过来让他凑合着穿。

宋怀文身形瘦高,很适合这类沉稳的衣服款式,站在灯光下人更显得清俊温和。但他自己有些不大习惯,衣摆微长,太不适合干活儿了,只适合去逛街散步。

他蹙起的眉头几乎没有松开过。每个月底要还债,先前宋母的手术费早就还清了，这些年他还的都是利滚利出来的利息。

宋怀文站在那儿，神情太过平静，而身上压着的苦旁人都能看得一清二楚。

张叔忽然说："怀文，我这儿还攒了些钱，你先拿去用。"

"叔，你自己好好留着。"

张叔早就料到他是这反应，说："你生怕拖累到别人。可万一再出什么事，我怎么和你妈交代？"

宋怀文微微仰起头，脖子上的文身清晰可见。他扬起嘴角笑出了声："叔，现在是法治社会。"

两年前，负责追债的小混混见到宋瑶光后起了色心，被宋怀文揍得鼻青脸肿后拿着刀过来吓唬，一片混战当中，小混混不小心砍伤了宋怀文的脖子，吓得连滚带爬地跑开了，周围人也跑得一干二净。

而宋怀文一边拽紧被砖头砸得额头出血的宋瑶光，一边用手捂着脖子，两兄妹就这么一块儿跟跟跄跄地走进了医院。

宋怀文当时满脸苍白，血液不断从指缝里流出，血腥又可怕的模样吓坏了许多人。幸好那一刀没有划破大动脉，要不然他的命早没了，可缝完针后留下的疤也瘆人。

宋怀文出院后还要找工作。然而高中文凭能干的活儿不多，他也受够了许多老板看到他的刀伤时的古怪眼光，好似在看什么亡命之徒。

当时楼区的文身师还没退休，宋怀文便走进去问文身多少钱，大小要可以覆盖住疤痕。

文身师心善没收钱，让宋怀文自己选图案。宋怀文忍着刺痛，文上了如今脖子上的荆棘火焰。

雨越下越大，估计下到深夜都不会停歇。

怕宋瑶光和黄宁回去路上危险，宋怀文早早把两个女孩儿送回了学校。

宋怀文将鸭舌帽压得很低，开车窗后风吹进来，他轻声咳嗽了一下。

宋瑶光说："哥，你等等。"

她拽着黄宁去了学校门口的医务室，买了一瓶糖浆，跑回来后递给宋怀文，老成地嘱咐道："照顾好自己。"

宋瑶光的苹果脸鼓了起来，圆溜溜的眼珠子很认真地盯着宋怀文。

宋怀文收下了那瓶糖浆："回宿舍注意安全。"

这天没客人，八点多宋怀文就早早收了摊。

医院那边护士说宋母睡着了，外加这些天的台风，建议他们少来探望。

宋怀文知道后稍稍放下心，和张叔一块儿回了家。

二人也许久没有这么早回过家了。

张叔风湿骨痛是老毛病，一到雨天就很难熬。他捧着陶瓷杯喝热水，感叹道："幸亏有小尧送的膏药，真用心了。"

话音刚落，宋怀文的手机就蹦出了尧驯的视频通话。

宋怀文接通视频后，尧驯的脸出现在屏幕上，瞪大眼睛的样子别提有多喜感。他看见宋怀文身上的大衣，再看看旁边站着的张叔，招呼道:"叔,吃饭了吗?"

"早吃了。"张叔打完招呼就走人了。

宋怀文刚喝了些止咳糖浆,嘴唇上全是死皮,脸色憔悴又苍白:"尧哥,文南估计要下挺久的雨,你家那边的晴天好,晚些回来吧。"

尧驯不乐意地说:"腿长在我这里,我就要回去。对了,你有没有泡脚驱寒?体温量过吗?"

"泡过了,张叔也熬了姜汤。量过了,我没发热。"

"那就好,那就好。等我回去,你的脸色如果还这么难看,我就把大鹅炖了送给张叔他们吃。"尧驯继续说,"我还带了些土特产,有一些干花,据说美容养颜,刚好可以送点儿给店里帮忙的小姑娘。"

宋怀文盯着屏幕,时间一分一秒地过去。

尧驯的话滔滔不绝:"哥今天被那十几只鹅追得差点儿摔沟里。它们简直丧尽天良,把我当仇人咬。"

宋怀文很认真地怀疑:"它们可能是喜欢你,才追着你。"

尧驯脱口而出:"不,不,不,是仇,不是爱。谁要大鹅的喜欢?"

宋怀文笑起来的样子蛮生动,尧驯也乐呵呵地跟着笑。

挂断视频通话后,尧驯蹲在路边,有阵风把他的草帽吹进了水塘里。他的嘴里仍旧嘟囔着:"大鹅可千万别爱我。"

宋怀文头一回这么早入睡,睡得很安稳,一夜无梦。醒来后他嘴上起皮严重,眼皮沉重,昏昏沉沉地没抬起头来,倒不是因为感冒,而是睡得太久,有些头痛。

宋怀文努力睁开眼,瞥见床头柜上的水,一摸还是温热的,喝

105

完后才去刷牙洗脸。

张叔过了一会儿敲门进来,说:"见你睡得沉,没吵你。"

"谢谢叔。"

"你得谢小尧,是他提醒我放杯水在那儿,这小子真细心。现在他已经上火车了,晚上就能到。"张叔发白的鬓角显得沧桑感十足。

他看窗户外的雨还是没停,说:"下个月你妈就能出院了,得挑个晴天,大家伙儿一块儿下馆子庆祝一下,我请客。"

"好,知道了。"

"记得叫上小尧,你妈肯定喜欢他的性子。"

宋怀文看着张叔的侧脸,应下了:"会的。"

中午吃饭的时候,宋怀文把钱打给了追债方,四万块,一分不多一分不少。

他没动宋母给的那笔钱。原先他在外面干活儿时拖欠的工资发下来了,全在里面。

大排档刚开起来,店铺房租昂贵,张叔出资了一半,利润各自平分,除了要供着宋母在医院的花销外,宋怀文还得为宋怀武上大学做准备。

宋怀文这样盘算着,张叔却提了一嘴:"怀文,你该给自己买几身新衣服。"

宋怀文抬起头问:"很土吗?"

张叔犹豫片刻才说:"你学学小尧,他年纪比你大,穿衣服却比你时髦,看着都和你差不多年纪。"

宋怀文"嗯"了一声后继续算账。

张叔看见那记账本上密密麻麻的数字就叹气："怀武和瑶光都懂事，巴不得替你省钱，年年申请助学贷款，就为了给你减轻负担，你这个当哥的也要领他们的情，别老是一个人扛。怀文，叔看着你这么辛苦，心里也不好受。"

宋怀文说："我在替自己打算。"

"多打算点儿才好。"张叔突然乐呵呵地笑了笑。

另一边，在火车上的尧某人全程哽咽。他真不知道原来活着的大鹅是不能上火车的，又吃了没文化的亏，答应好小宋的铁锅炖大鹅，这下什么也没了。

尧驯检讨自己一百回，为了不给工作人员添麻烦，老老实实地把大鹅送了回去，白浪费那么久时间，草帽也没捡回来。

尧驯一只手提着行李箱，另一只手拖着蛇皮袋，看起来相当粗糙且不修边幅，那张俊脸气势大减。他拿着手机打字后又乐呵呵地笑，一副不大聪明的模样。

火车上有不少外出的工人，他们拉着尧驯打牌，亲亲热热地一口一个"兄弟"地叫，问："你去哪儿干活儿？在哪个站下车？"

尧驯精神不佳，应付完他们就独自拿手机给宋怀文发消息。

尧驯："小宋，你的铁锅炖大鹅飞了，但我一定能回去。"

宋怀文的回复很气定神闲。

宋怀文："几点到？我开车过去接你。"

尧驯："不晚点的话，晚上七点半到。"

宋怀文看外面的雨丝毫没有见停的意思，就知道这天没办法开张了。他和张叔商量好这天歇业，刚好能去接尧驯。

宋怀文还是披上了那件灰大衣。他被张叔那么一提，想起自己的确很久没买过衣服了，早就不知道现在什么款式的衣服好看时髦。

他往上翻聊天记录，忽然发现自己很少主动发消息，于是表情淡淡地顺手多打了几个字，然后在沙发上一动不动地坐着，表情专注地盯着手机。

宋怀文："尧哥，怎么挑衣服？"

尧驯："我的衣服都是秘书买的，我也不会，我找她问问。"

宋怀文面无表情地盯着手机，按灭了屏幕。

他出发前洗了把脸，看镜子里满脸水珠的自己，抬手擦干，手指不经意地碾过唇珠，死皮少了些。

外头大雨滂沱，又刮风又打雷，这架势着实吓人。

火车出站口挤着不少等车的人，这天气连出租车都很难打。

尧驯混在里面太过醒目，路过他身边的人百分百会回头看他，内心免不得感慨：这民工哥长得真不错，身材也好。可惜了是干粗活儿的，白费一张好脸。

尧驯早就习惯这种待遇。他双手抱胸靠着墙，行李箱就在旁边，脚旁边立着蛇皮袋。之前他没仔细看，里面不仅有红薯，还有几根新鲜竹笋和上好的菌类掺在里头。

这些东西都可以送给张叔，做厨师的人喜欢这些原生态无污染的土特产。

尧驯开始拿手机用屏幕照自己的脸。

他头发长得真慢,他左看右看这土老帽儿发型都没以前的洋气,纯靠狭长眉眼和骨相撑着,一般人真驾驭不了这个发型。

尧驯犯难,好想去网上买点儿生发剂。一晃神间,他抬头看见那辆熟悉的面包车来了,三下五除二地直接扯着行李箱和蛇皮袋冲了出去。

他冲宋怀文挥了挥手,笑得很憨。

宋怀文停车后立刻下去给尧驯撑伞,自己也被淋湿了半边身体。

尧驯将后备厢打开,把蛇皮袋和行李箱都塞进去,又重重地关上后备厢盖。

宋怀文声音低沉地说:"尧哥,咱们先上车。"

再大的伞也顶不住这下雨的架势,一道闪电划过天际。

坐上副驾驶座的尧驯忍不住喃喃:"总不至于来道雷劈死我吧——"

他的话音刚落,雷声就"轰隆隆"地响起。

尧驯厌了,问宋怀文:"我这乌鸦嘴还有救吗?"

宋怀文发动车子低声笑了笑:"没救了。"

回去的路上雨又大了些,尧驯坐在副驾驶座上使劲拿布擦窗户,但视野还是很模糊。

刚好路过一个商场地下停车场,宋怀文将车停进去,本打算打开车门下去透透气,但有些不想动,侧头看向尧驯。

尧某在玩手机。因为罗娜在微信上发了适合宋怀文的衣服款式过来,尧驯抬起头兴冲冲地说:"咱们下车坐电梯上去买衣服。"

宋怀文把眼睛闭上又睁开，解开安全带后手有些冷。他看了看尧驯，没说什么，最终轻轻地打开了车门。

宋怀文一只手塞进大衣口袋里，和尧驯一起上电梯，一块儿进了一家店。

尧驯蛮兴奋，照着秘书发的款式挑衣服。

进试衣间前，宋怀文收到了一则短信："那笔债务我可以尽早替你解决，四天后我到文南，不见不散。"

宋怀文的目光逐渐黯淡下来。

试衣间里的镜子太过清晰，清晰到他面部难堪的表情无处遁形。

宋怀文紧攥的双手松开了，嘴唇轻微地动了动，他似乎在喃喃着什么。

尧驯在外头等，被一个话多的店长死死缠着说话。

"尧先生，主管已经通知了沈先生，他说您本次的消费都记在他的账上。

"沈先生是本店的至尊VIP用户，还特地嘱咐我们叫您把他从黑名单里拉出来。"

尧驯不耐烦地皱眉头，摆摆手说道："好了，好了，知道了。"

他身上也湿了，顺手拿了一套衣服进试衣间。本来他打算只买小宋的衣服，现在可以宰沈乘风一顿，也就用不着客气了。

换完后尧驯把某人从黑名单里好心放出来。

宋怀文适合穿深颜色的衣服，剪裁很好的黑色大衣衬得他肤色更白，寸头利落，但气质沉稳内敛，脖子上那处刺青更为他增添了故事感。

他走出来的时候神色自若。

尧驯沉默片刻,看了看周围一堆的店员,迅速打包好湿衣服,把两个袋子拎在手上直接走人,踏出店门时顺便问店长:"附近有什么玩的地方吗?"

店长说:"有是有,但雨太大开车也不方便。尧先生,七楼有家私人影院,据说沈先生也在那里办了卡。"

尧驯立刻走过去说:"好不容易出来一趟,咱们去逛逛?"

宋怀文淡笑:"好。"

七楼的人更少,尧驯和宋怀文像无头苍蝇般晃悠半天。

这巴掌大点儿的地方,两个人实在没找到私人影院究竟在哪儿。

宋怀文神色自若,任由尧驯领着逛了一圈后,看见不远处有个狭小的店门,粉色门帘里是一条狭长过道,过道尽头挂着一个私人影院的牌子。

"在楼下问了那么久,尧哥想看电影?"宋怀文询问道。

尧驯:"没错。"

"那走吧。"

"看动作片?"尧驯试探道,"午夜场总不能看恐怖片吧?"

宋怀文说:"应该还有纪录片。"

尧驯十分严肃地皱着眉说:"咱们要看就看点儿成熟稳重的片子,所以……"

"嗯?"

"今晚看动作片。"尧驯的语气铿锵有力,不容许任何反驳。

宋怀文点头,笑得内敛:"我没意见。"

两个人走进来才发现里面别有洞天，温馨的装潢风格中夹杂了点儿夸张装饰，尧驯顿时有些怀疑这家影院老板的品位。

前台的服务员看他们进来，困倦的眼睛都睁开了，立刻笑容满面："欢迎光临——冒昧问一下，两位是一起的朋友？"

"兄弟。"尧驯的眼睛眨都没眨一下，他还重复了一遍，"真兄弟。"

服务员说："这边请，前台登记缴费以及挑选影片与房间。"

尧驯老老实实地过去填名字登记，服务员见到名字说："原来您就是尧先生。"

"怎么了？"尧驯忽然想起什么，压低声音骂骂咧咧地说，"别跟我说沈乘风又要记他的账上。"

"沈先生确实是这样说的。"

"我自己付，用不着他。"

服务员就喜欢这么财大气粗的客户，不愧是沈先生的朋友。

尧驯拿着平板电脑挑片子和房间，大手一挥成功搞定，头一次花钱这么爽快。

"刷卡，别废话——"

话音刚落，宋怀文走了过来，淡定地来了一句："我来付吧。"

尧驯直接干脆利落地付完钱，侧目认真说："下次再请回来，我们之间用不着客气。"

尧驯很少看电影，这几年忙忙碌碌地做生意，几乎所有精力都用去如何把钱守住，钱赚得越来越多，人活得也越来越孤单。

宋怀文坐在尧驯旁边，垂着头。即使那些不存在但又沉重的东西仍然压着他,但此刻他也渴望歇一歇,暂时不挺直脊梁,暂时不那么坚强。

尧驯天生感知情绪的能力极强,他安慰性地拍了拍宋怀文的肩膀,知道什么话都不用说。

人只有愿意,才会张口,他只需要认认真真地做个合格的倾听者就行。

形形色色的动作片,有的讲英雄事迹,有的讲风花雪月,更多的是讲拯救世界,还有的在回放男主角悲惨的童年。

电影看完了可以继续看下一部,可人这辈子只能活一次。

那些光影映在宋怀文的眼里。他旁观了别人的一生,恍惚间开始回忆自己的人生。

可宋怀文不再是一个人。他听见尧驯缓缓地说:"你总不爱笑,要多笑,来,哥给你表演一个倒立抽烟。"

宋怀文被这简简单单的一句话弄得坏情绪都消散了。

他看见外面的天很快就要亮了。

一切都会好起来,像这场台风一样。

翌日早晨。

尧驯看着宋怀文洗完头后对着镜子吹头发,脖子上的文身很清晰,低声问:"当时疼不疼?"

吹风机的声音差点儿掩盖了宋怀文的回答:"不疼了,谢谢,尧哥。"

"你喊我一声哥,这辈子我都是你哥。不管天大的事,我都能替你顶着。"尧驯无比郑重地说。

宋怀文低下头,不想让尧驯看见自己流下的那几滴没用的眼泪。

宋怀文有关眼泪的记忆停在了六年前母亲病倒那天。他把那张录取通知书撕成碎片,然后一个人骑着自行车到了郊区。郊区有个荒废的水库,里面空无一人。

那天宋怀文对着荒废的水库,半跪在地上泣不成声。他的头发凌乱,狼狈得像摊烂泥,被洗旧的校服上全是泥土与沙粒。他既无能又无助,这个世上没有任何人可以解救他的苦难。

他哭完以后还得去面临现实。他的母亲,他的家,他的弟弟妹妹,全都需要他来遮风挡雨。

宋怀文扛起这些责任时才十八岁,一无所有,只有瘦弱的肩膀和满身的风尘。他活得顽固又自卑,时不时会打心底里厌恶自己。

特别是遇上尧驯这个朋友之后,宋怀文有时候会出现幻觉,觉得自己身上的油烟味无处不在,是贫穷惹出的原罪。

如果,如果自己能活得好一些……如果不这么狼狈。

宋怀文抬手擦拭着眼泪。

尧驯看见他通红的眼睛,反复低声安慰着他:"宋怀文,别哭。"

第六章
旧事

另一边沈乘风拽着孙涛用备用钥匙进了尧驯的家门。

尧驯原本高高兴兴地进屋,结果一抬头就看见了沈乘风,脱口而出:"你又在我家当贼?"

"你屋里那点儿东西我可看不上。"

尧驯坐到柔软的沙发上,听孙涛解释。

"尧总,您听我解释,我这不是为了把鹦鹉给您从沈先生那儿要过来,忍辱负重吗?"

宋怀文熟门熟路,去厨房先给尧驯倒了一杯水,抬眼看了一下阳台上那只鹦鹉,鹦鹉乌溜溜的眼睛正盯着他。

宋怀文坐在尧驯身边,没说话,只静静地看着对面的两个人。

尧驯挑了一下眉阴阳怪气地说:"沈乘风,和我认识十多年了。"

沈乘风穿了身褐色的马甲西服,相当会装腔作势:"幸会,幸会,宋老板。"

"你好。"

沈乘风正儿八经地盯着宋怀文,无端觉得有点儿眼熟。他站起身主动过去握手："宋老板好，以后大家都常来常往。"

宋怀文面不改色，握手时笑容很淡："以后多指教。"

沈乘风坐回原处，开始认真地和尧驯扯犊子："你欠我那么多人情，打算什么时候请客？我惦记你这顿饭可久了。"

"这不是废话？过阵子搞个大席面，你想跑都跑不掉。"尧驯抬眼说，"小宋到时候也来，你们不准灌人家酒。"

宋怀文含笑不语，抬头看着墙壁上的时钟，四点多，刚好能给尧驯做顿晚饭。他低声询问："饿不饿？"

尧驯中午就喝了些粥，到现在确实有点儿撑不住。他点头后，扫视了一下沈乘风和孙涛，大手一挥想站起身出去下馆子，但又被宋怀文摁了回去。

"尧哥，你好好休息，冰箱里有菜吗？"

尧驯听见这话眼睛刹那间亮了起来。他不知道宋怀文会做饭。

宋怀文进厨房前将大衣的袖子撸起，清俊无害的面容上多了些漠然神色，侧头看了沈乘风一眼。

两个人对上视线后，沈乘风古怪地扬起了嘴角。

宋怀文一走，沈乘风便佯装盯着电视，实际压低声音说："尧驯，这宋老板看着人畜无害的，其实挺凶的。"

尧驯："有话就说。"

"我还不确定，"沈乘风轻飘飘地继续说，"不过有个人应该一清二楚，他过些天要回文南。"

尧驯："姓董的那位？"

"我找机会再去查他当年的事。"沈乘风一脸看好戏的模样，说，

"如果事情真的牵扯到董域这个疯子，那就更有意思了。对了，他还是没把债务的事告诉你？"

尧驯"嗯"了一声后摆了摆手："迟早的事，我等他主动跟我说。"

"行，你心里有数就好。"

宋怀文做的菜全是清淡的样式，少油少盐，但异常好吃，手艺快能赶上张叔了。

尧驯食指大动，吃得不亦乐乎。

沈乘风吃着碗里的饭，想起一件事，问："上午你买的那个秋千我让快递员抬你屋里去了。你买那玩意儿干什么？"

尧驯："自己买来玩啊。"

宋怀文离开前洗好了碗，顺便拿扫帚把尧驯家打扫了一遍。

回到老地盘的鹦鹉在阳台上有样学样地盯梢众人，鸟笼里的饵料也被宋怀文亲自换好了。

尧驯的卧室里空空荡荡的，除了大床和衣柜外什么家具也没有，实木秋千放在那儿完全不显得拥挤。

"要去店里？"尧驯问宋怀文。

"再晚点儿，张叔他们忙不过来。"

在客厅的沈乘风和孙涛正在看球赛，都对宋怀文扬手："宋老板慢走——"

球赛正好看完了，他们这回决定和宋怀文一块儿走人。

下楼的时候沈乘风给宋怀文递烟，宋怀文摇头说自己不抽。

沈乘风也没见怪，自顾自地说："尧驯也不爱抽，偶尔心烦才

117

抽那么几根,知道为什么吗?"

宋怀文沉默地与沈乘风对视。

"因为买烟是一笔钱,万一抽坏了身体,去看病又是一笔钱。他虽然抠,可对兄弟朋友仗义得不得了。他这人,好得不能再好了。"

宋怀文转身看着紧闭着的大门,紧握着钥匙,说:"沈先生,这场雨下了这些天,您开车时注意安全。"

沈乘风笑着回:"希望下回有空一起喝酒。"

"会的。"

宋怀文目送那辆悍马车离开,然后撑着尧驯给的伞走进雨幕里。这一次风不算冷,黑色大衣裹得他很温暖。

雨小了很多,街上人来人往,大排档生意热闹起来后,忙完最热火朝天的时候,大家都各自歇息,有一句没一句地聊着天。

张叔念叨起尧驯来:"小尧昨晚不是还好好的吗?怎么就走路不小心摔了一跤扭到腰了呢?"

张叔又想起一件事来,继续说:"天气预报说后天会天晴,还是个黄道吉日,刚好可以接你妈出院,本来后天晚上我就能请客下馆子,这下好了,小尧出问题了,得延后吧……"

宋怀文用手机神不知鬼不觉地录了音,发送给了尧驯。

然后张叔就被尧驯的一个电话给叫走了。

"叔,后天就后天,那可是宋阿姨出院的大好日子,我的腰一点儿事没有!叔,你别不信,我能给叔你摇一百下呼啦圈!"

尧驯在电话里的声音中气十足,他信誓旦旦,没有半点儿虚弱的样子。

十一点多收摊，宋怀文送瑶光和黄宁回学校后开车去了尧驯家。

途中接到一个电话，是董域打来的，接通后对方沉默了一会儿，宋怀文目视前方，不急不慢地说："董先生有话直说。"

"这么多年过去了，宋怀文，你的脾气一点儿没变，还是这么客气。"

"……"

"我的目的很简单，有仇报仇，有恩必还。"董域要去处理家事，匆匆来了一句，"等我到文南，我再跟你联系。"

宋怀文漠然地挂断电话，一路开得很顺，将车开回了尧驯家。他停好车后上楼，推开门时发现客厅里留着一盏灯。

鹦鹉还没睡："灯——"

宋怀文盯着鹦鹉："重复一遍。"

"灯——"

"知道了。"宋怀文关上客厅的那盏灯，推开卧室门走进去，声音压得很低，"早点儿睡，傻鸟。"

鹦鹉扭了扭屁股，人类的世界真复杂。

第二天日上三竿，尧驯睡得形象全无，头发都髟开了。他皱着眉坐起来，没坐十秒钟，又躺了回去。

下雨天适合睡觉，也适合人踏踏实实地睡到天亮。

外面下着小雨，台风也快走了，天气瞬息万变。

尧驯深呼吸好几下，迅速下床穿拖鞋，刷完牙洗完脸后走出卧室。

尧驯刚踏出一步，就发觉脚底踩的米白色瓷砖可以用来照镜子，茶几一尘不染，电视机都被擦干净了，背景墙锃亮，阳台上的那些花花草草全被浇过水，郁郁葱葱干干净净，鹦鹉的笼子都泛着光。

尧驯捏了捏自己的脸，站在那儿，神色呆滞中透着一股茫然之意。

成功打扫完厨房的宋怀文擦了一把汗，提着拖把和水桶出来，看见尧驯头发凌乱的模样，低笑了一声，说："尧哥，早点在电饭煲里热着，豆浆、油条是从你和我说的那两家店里买的。"

宋怀文放好工具，阳台上的衣服被晾得整整齐齐的。

尧驯走过去说："我平时起得可早，才没有这么懒。"

宋怀文点头说道："知道的，我碰见王婶，她说你喜欢晨跑，那些大爷还告诉我你下棋也很厉害。"

提起这事尧驯也没假装谦虚："小区这片地方，论下象棋没人比得上我。"

宋怀文："先去把早点吃了，然后和我来一局？"

宋怀文收拾东西的时候注意到，茶几的柜子里放着象棋。

尧某人跃跃欲试，坐在沙发上笑得像只狐狸，眼尾上扬，透着股慵懒和恣意感。他摸着棋子决定别太认真，可不能让小宋下不了台。

棋局而已，其实算不上很难，宋怀文淡定地坐在那儿。

尧驯嘚瑟极了："按规矩，输了的人得罚。"

"罚什么？"

尧驯想了想，连忙说道："还是算了，咱们谁和谁，不搞这套。"

宋怀文抬手摩挲了一下手腕："规矩还是要的。"

"那好。"尧驯自信棋艺精湛。

第一局尧驯很轻松地赢了，宋怀文也没失落，淡笑着说："三局两胜。"

第二局，尧驯的笑容渐渐消失，他感觉自己常用的路数好像被宋怀文摸透了似的。尧驯防守严密，难以捉摸，绞尽脑汁半天，最终险胜了一把。

第三局，尧某人看着宋怀文横扫千军，每一次都正中命脉，他几次动棋都被拿捏住，最终输了。

尧驯坐在沙发上思考人生，皱着眉得出结论："你学东西也太快了，人比人气死人。"

宋怀文用尧驯赢棋的方式反将了尧驯一军，棋局是二比一："尧哥赢了，下次我继续努力。"

"可别努力了。"尧驯极力捍卫住自己棋王的尊严。

这时门铃响了，尧驯抬起头，看着房门有些纳闷，这时间谁会来？他和宋怀文一块儿去开的门。

原来是送烤乳猪过来的店老板。他乐呵呵地表示："王婶送你的，小尧。"

尧驯："谢谢叔。"

老板："这是你弟？"

宋怀文笑了笑没说话。

尧驯回答道："是我朋友。"

猪肉铺老板笑着说："小伙子长得还挺标致……"

"叔,要不进来喝口水吃顿饭?"

"不了,不了,我还有事先走了。"

宋怀文接过那对烤乳猪,两手拎着,笑容款款,心情很不错。

尧驯摸着下巴,决定下回多去捧场照顾生意。

宋怀文进了厨房:"尧哥,中午就吃这个。"

"好嘞。"

吃完饭后,两个人一起看电视。

尧驯:"四点钟我和你一块儿去店里。"

宋怀文放在茶几上的手机再次响起,是董域打来的电话。

尧驯看了一会儿,问:"怎么不接?"

"……"

宋怀文白净清俊的脸庞上蒙上阴郁之色,脸色肉眼可见地消沉了下去。他好像还没想好怎么说,那段见不得光的往事难堪无比,像只在下水道里蠕动的蛆虫。

尧驯沉默,忽然间明白了什么。

宋怀文在尧驯面前哭过一次,这回只是眼眶逐渐发红,没有一滴眼泪流出来。他的声音压抑极了:"尧哥,抱歉……"

他随后站起身,披上衣服,匆匆拿起手机离开了尧驯家,背影仓皇失措,好似在维持自己最后的自尊心。

实际上宋怀文走出尧驯家的门后直接脱力般背靠着墙壁,那些没有用的眼泪被主人面无表情地擦干净了。

董域很快发送了一条信息过来:"我提前到了,下午三点老地点见。"

屋子里的尧驯动了动发僵的手指，阳台上的鹦鹉有些不安分地喊："孤寡——你孤寡——"

"傻鸟。"尧驯深深地吸了一口气，干巴巴地扬起嘴角笑了笑。

他是失落的，不过问题不大。

尧驯站起身摸摸自个儿发丝凌乱的后脑勺儿。茶几上放着的烟盒是之前那包软中华，他随便点了一根烟，深吸一口烟雾后平静下来。

尧驯把门推开，也蹲在门口那儿，安安静静地抽烟不说话。

宋怀文蹲在门旁边的墙根处，侧着头，目光深沉且困惑。

尧驯声音微沉地问："什么时候走？"

"……"

"等会儿就走？"

烟灰撒在地上，无声无息。

尧驯看不惯宋怀文这么苍白着脸、诚惶诚恐的样子，好像生怕一句话说出来两个人就会绝交似的。

尧驯郑重地站起身，说："去吧，回来我再找你算账。"

宋怀文声音很轻地询问："晚上想吃什么？"

"卤牛肉、啤酒鸭，配大米饭。"

"等我回来给你做。"宋怀文起身拍了拍身上的灰。

尧驯不大喜欢看宋怀文的背影，想走上前与他肩并肩，和那人一起分担一些那些所谓的苦难和责任。

但他知道用不着这样。

宋怀文这个人有多犟、多要强，他知道。

尧驯相信自己从来不会看走眼。他笑了笑后接听振动许久的电话。

秘书罗娜："尧总，您已经积了很多文件没看……"

尧驯讨饶："知道了，知道了，我老老实实地复工。"

罗娜听完这话表示很满意。

尧驯回到屋里，阳台上的鹦鹉还在扭屁股："孤寡——孤寡——"

"怎么？你有意见？"尧驯挂了电话后开始叉着腰和鹦鹉吵架。

"孤寡，孤寡，孤寡——"

"我就孤寡，你能拿我怎么样？"

…………

鸡飞狗跳的生活，慢慢来吧。

尧驯双手抱臂，站在阳台上看着那辆五菱宏光越开越远。

老城区不光有破败的楼房，还有许多荒废失修的集装箱仓库，从前是工厂用来储藏货物的地方，早年工厂倒闭，货物被运走了，只剩下空壳在遮风挡雨。

如今地面野草丛生，宋怀文走进来时踩到了一个玻璃罐。地面肮脏且长满苔藓，他一时间感觉有些恍如隔世。

当年就是在这儿，宋怀文被董域带到冯军面前，借到了二十万块钱，也差点儿把命丢了。

那时候宋怀文在读书，离上大学只有一步之遥，而董域在当保安。两个人唯一的交集就是宋母曾经看不过董域挨饿，让宋怀文经常送饭过去。

世事变迁太多，人们也都不再是从前的自己。

过了一会儿，董域穿着一身笔挺的西服走进来。他手里盘着核桃，把佛珠挂在手腕处，脸上有道褐色的刀疤，算不上可怕。他打量着宋怀文，评价道："看样子你过得还不错，是打算好好跟我合作吧？"

董域也不嫌箱子上灰尘脏，一屁股坐了上去，声音好似在追忆往昔："这地方还没拆，也没变，还是一样让我讨厌。"

"那你为什么还要回来？"

宋怀文仰望着仓库上方破洞的天，一些雨水"滴滴答答"地在往里面灌。

"当然是因为我记仇。"董域嗤笑着说，"咱们是一样的人，一样的出身，可宋怀文你就是有些清高，不，是太聪明。"

宋怀文好像又闻到了自己身上那股浓郁的油烟气。他蹙着眉，用力地攥着指尖，掌心的微疼才能让他清醒："叙旧什么的没有必要。"

"等事情摆平了，我会买束花登门拜访，我还挺想阿姨的。"董域拨动着佛珠，装模作样地喃喃了句"阿弥陀佛"。

他先前调查过宋怀文，知道宋怀文和尧驯走得很近，慢悠悠地说道："我以为你是个孤命人，现在居然也有了个信得过的朋友。"

宋怀文漠然地与他对视。

六年前，宋母病重，宋怀文无奈之下通过董域找冯军借了二十万块钱，后来无意之间掌握了冯军做假账的证据。他也想过偷偷报警，但还没开始这么做，这件事就被人捅到了冯军面前。

冯军当初和宋怀文签下的借款合同存在漏洞，他直接把债务利滚利到了天文数字。

宋怀文害怕冯军报复自己的家人,不敢报警,但也没把证据交给冯军。两个人僵持不下,漫长的骚扰威胁和恐吓行为就愈演愈烈。

"这六年我一共打入他的账户两百一十四万,从前他派人每个月来我家里闹,泼油漆也好,恐吓也好,张叔的右腿、我妹妹额头上的那道疤,以及我妈多次被他们推搡住院……所有东西他都得连本带息地还回来。"

"早这样不好吗?"董域似乎想上前拍拍宋怀文的肩膀,但被躲开了。董域耸了耸肩,说,"两年前我就提议让你和我一起合作,被砍到脖子很疼吧?我脸上这道疤也疼得很。"

宋怀文淡笑道:"早就不疼了。"

"你要的东西半个小时后会发到你的邮箱里。"宋怀文转身,声音很低,"离我的家人远一点儿,他们什么也不知道。"

董域突然间大声说了一句:"宋怀文,你考虑一下,跟着我干,你何止能挣到两百万——"

宋怀文淡定地扭头,询问:"认识尧驯吗?"

董域点头说道:"没单独打过照面,但我听沈乘风说起过。"

"我跟着他干,不跟你。"宋怀文背对着董域挥了挥手。

旧事已过,他就不必和旧日的人再相见。

董域:"……"

宋怀文回到家时,张叔在看电视。

"菜市场的那些老板见你辛苦,帮我们把东西送去店里了,省得你亲自搬来搬去。这世道还是好人比较多。"张叔的眼角皱纹深了许多，但他依旧神采奕奕，"怀文，你可以多歇歇，晚上店里用不着你，瑶光会拉上另外几个同学一块儿来帮忙。"

"这些东西是尧驯带回来给你的。"宋怀文把后备厢里尧驯嘱咐要给张叔的蛇皮袋拿了下来。

张叔站起身一看，语气欢喜得不得了："这么好的东西能做不少菜，改天让小尧来家里吃饭。"

宋怀文看了看墙上挂着的日历，又是一年的十月末了。

张叔说："你妈上午打电话给我说叫你放心，她想见小尧。"

宋怀文低下头沉默了一会儿才问："我今天做错事惹他生气，该怎么才能让他消气？"

"没有什么事是不能说清楚明白的，你这沉默寡言的毛病不好，得改。"

"叔，我知道了。"

离开前宋怀文向张叔鞠了个躬。

他从来就不是一个人，身边很多人在默默支持着他。

文南的台风天彻底结束，仅仅是一个下午过后就雨过天晴了。

街道上的花店开了，宋怀文走进去买了一束百合，到医院探望母亲时才知道她睡着了。

宋母气色好多了，睡得很安稳。

宋怀文和母亲说了一声"谢谢"，放下花后转身离开，阳光照在他的背影上。

宋怀文去了一趟菜市场，买了新鲜的鸭子和一些肉。除了啤酒鸭和卤牛肉,他还会做更多的菜。

尧驯晚饭吃得很过瘾,吃完和宋怀文唠家常:"晚上不去店里?"

"不去了。"

宋怀文此刻好像卸下了某些重担,困住他的那些东西消散开了。

卧室的灯被打开,外头夜空繁星点点,风里有隔壁邻居炒菜的豆腐香味。

宋怀文努力维持住声音不颤抖,像在讲陌生人的故事一般,说起了自己的往事:"我妈在工厂里做女工,一个纺织袋一毛钱,她一天要做上千个才供得起四个人的家。

"我不能看着她连手术都做不了就闭眼走,我去找冯军借钱,什么代价我都可以接受。我以为我藏起来的账本能保护好他们……

"两年前我救了董域一命,那笔高利贷一直被压着,只要我活着一天,藏着那个账本一天,冯军就不敢对我家里的任何人动手,可我后来遇见你才意识到……

"我不能继续这么糟糕地活着,也不能再用自己这辈子的人生和他们耗下去。尧哥,你是我遇见过的最好的人,我怕你知道这些事后觉得我不配和你做朋友。"

宋怀文说到这儿时声音沙哑又哽咽。他那些骨子里的自卑懦弱的情绪,无非是因为尧驯太耀眼,像一束光,而他只是烂泥里的种子,贪婪地想见到光。

尧驯真诚地说:"谁敢说你不好,我头一个不答应,宋怀文天上地下第一好。"

他正了脸色,说:"以后都有我呢,尧哥陪着你,你想读书就去读书，想做生意，我就教你做生意。过去算什么？我们一起朝前走。"

后来沈乘风发来了和董域说话时的录音。
沈乘风："我把宋怀文的事问清楚了，你听听。"
尧驯当着宋怀文的面回复的消息。
尧驯："他全和我说了，谢了，老沈。"
宋怀文感叹道："沈先生是个好人。"
"你也是，咱们都是。"尧驯侧头对宋怀文说。

翌日是个大好的艳阳天，还是周末，小区外头热闹得很。
尧驯一大早就钻进衣柜里选衣服。他看来看去压根儿看不出什么衣服合适什么不合适，挑了半天选择放弃，这会儿正老老实实地躺在沙发上思考人生。
"想穿时髦点儿还真难，我寻思着只要不是红配绿就能穿。小宋，你说我今天穿什么衣服好？"
尧驯感觉嘴里有点儿淡，抓了一把瓜子嗑，把瓜子壳丢进垃圾桶，但还有渣子掉在地板上。
宋怀文看不过眼，拿扫把默默地扫地，说："就是普通吃个饭，穿白色衣服容易溅油。"
"那穿黑色？"尧驯异常坚定。
宋怀文回答道："黑色的大部分洗了。"
"那穿蓝色吧。"尧驯搓了搓脸，语气沧桑，"那几件灰色的我舍不得穿，改天二手卖出去。"

"……"

宋怀文把扫帚放回原位,然后让尧驯坐起来:"尧哥,你是个房地产老板。"

"对啊。"

"新闻上说你年入几亿。"

尧驯老老实实地交代:"也差不了太多,前阵子我卖出去一块地,那个冤大头给了八千万。一年赚几亿其实有点儿夸张,主要看有没有冤大头买地皮。再说我得依法纳税,给员工发工资,交公司水电费,还有各种杂七杂八的费用……"

宋怀文盯着尧驯从头到脚瞧了一圈。尧驯身上灰色的家居服有些旧,裤衩子和拖鞋都不是新的。

他有些无奈,刚扫的地,某人又开始嗑瓜子,弄得到处都是渣。

宋怀文拿走那包瓜子,不让他继续吃了。

尧驯立刻撇嘴,瞪大眼睛看宋怀文,眼神仿佛在说:让我再吃一点儿。

宋怀文面不改色地摇头。

尧驯撇嘴,开始拍自己手上的瓜子灰,然后地板又被他弄脏了。

宋怀文冷漠地弯下腰拿纸巾擦干净。

尧驯厌了,笑眯眯地走过去,说:"我来扫,我来扫——"

"你扫不干净地,还是我来吧。"宋怀文说。

尧驯心中某种诡异的好胜心熊熊燃烧起来,他不服气地说:"怎么就扫不干净?就这地板,我来回拖十遍都不带歇的。"

"你来店里一共扫了四次地,其中有三次我都重新扫了。"宋怀文淡定得很,"客人说你一边扫地一边不知道看哪里,向我投诉过你。"

"……"

尧驯尿得飞快,扬起嘴角努力装作无辜。奈何他天生是一张痞帅的坏男人脸,无辜不起来,反而显得更蔫儿坏。他振振有词地反驳道:"那是因为我在帮你看着客人,要是有人逃单了怎么办?"

宋怀文抬起头,脸上的笑容很是内敛,眼神专注地说:"所以我哪儿敢辞退你?尧总。"

尧驯抓住重点:"那你之前为什么要招那个小姑娘?"

宋怀文低声笑了笑:"我干的那些活儿很琐碎,还要替你这个房地产老板扫第二遍地,再不招个人帮忙,店还开不开了?"

尧驯为了转移话题,认真严肃地说:"你早和我说,我让孙涛来帮忙,他扫地也是一把好手。"

宋怀文微微合着眼睛,说:"尧哥,你上次介绍了沈先生,忘记介绍这位孙先生。"

尧驯老老实实地和宋怀文介绍孙涛。

宋怀文听完后淡笑,站起身去阳台逗鹦鹉,尧驯顺嘴说了一句:"万一这鸟真成精了怎么办?鹦鹉精这玩意儿能吃吗?"

宋怀文默默地与鸟对视。

鹦鹉:"……"

宋怀文:"……"

中午尧驯还在纠结穿什么衣服。宋怀文在厨房里洗碗,洗完后看着茶几上那本《农夫与蛇》，随手翻开。

"建议农夫把蛇煮了吃，焐什么焐，笨死了。"

宋怀文看着尧驯写在扉页上的读后感，果断把书合上，有点儿哭笑不得。他低笑后又把书摊开，发觉尧驯那歪歪扭扭的字迹蛮特别的。

而卧室里的尧某人穿上了深灰色的西装，打了领带，西装剪裁得体，衬得他宽肩窄腰、气度非凡，跟去拍广告的模特没什么区别。

他翻来覆去地总算找到了上回借沈乘风的墨镜，戴上后相当有气势地走了出去。

尧驯笑容上扬，十分嘚瑟，但还没来得及开口，就听到宋怀文说："尧哥，扣子没扣好。"

尧驯低下头沉默了。没扣就没扣。

他努力保持笑容，明知故问："哥穿这身衣服帅吗？"

宋怀文也是第一次看尧驯在现实生活里穿西装，看起来确实很精神，但真不能说话，一说话就是尧哥，闭上嘴装高冷的话就是尧总。

宋怀文用指尖摩挲着裤子，轻声回答："帅。"

尧驯满意极了，扶了扶墨镜："那今儿就这么穿！"

"好。"

宋怀文没意见。

下午三点，宋怀文要开车去医院接宋母、瑶光和怀武，张叔全权负责订馆子的事，尧某人则全心全意地准备盛装出席。

出发前尧驯在房间里喷发胶。宋怀文刚准备穿鞋,忽然听见手机振动的声响,是沈乘风的微信添加好友提示。

宋怀文犹豫了一会儿,点完同意后对方秒发了一条信息过来:"宋老板,尧驯前几天又拉黑我了,我真气不过,咱们做兄弟的,不能这么厚此薄彼,必须多多交流。你知道吗?尧驯这孙子,一旦喝醉酒就有问必答,如果你感兴趣可以试一试。对了,一般的酒灌不醉他,得白酒、红酒、啤酒几种酒一起混着喝,保准让你惊喜。"

宋怀文陷入沉思之中:"……"

沈乘风的葫芦里卖的是什么药?

宋怀文想了想,喝酒伤身,还是算了。

结果卧室里的尧驯吼了一声:"张叔居然说我不会喝酒,酒量和他一样?!开什么玩笑,今晚我必须让他见识见识谁才是文南酒王——"

宋怀文:"……"

夜幕降临,城市亮起霓虹灯,张叔扶着宋母坐上包间主位,说:"今天点了你爱吃的菜,其余的由着怀文他们这些小辈做主。"

宋母精神很好,说:"让你破费,等年底我来请。"

"这有什么?你出院是大喜事。"张叔继续说,"等会儿小尧到了,他能说会道,肯定讨你喜欢。"

宋母回答:"你们都这么说,我心里也有底,热热闹闹,怎么都是好的。"

可半个小时过去了,包间的门还是没有再次被打开,尧驯还没来,上的凉菜都被瑶光和怀武吃完了。

宋母有些担忧:"是不是路上出事了?"

宋怀文没法儿继续维持冷静,表情惶恐地猛然站起身去外面打电话。

月凉如水,宋怀文站在饭店门口不断拨打电话,惴惴不安地等着熟悉的人出现。他心慌到脸色有些苍白,会不会尧驯路上出了事?

另一边的大街上,玛莎拉蒂正如风驰电掣般飞快行驶,但一路都遵守着交通规则。

尧驯急得想抢过孙涛的方向盘自个儿往前冲,孙涛连忙安慰他:"尧总,您别急,问题不大,赶得上,赶得上。"

尧驯抓狂地坐在副驾驶座上数落:"我上辈子造了孽,这辈子非和贼过不去,出门好死不死遇上了偷井盖的老贼,还条件反射地上去追,追就算了,那孙子跑不过我,被我逮去见城管,结果那城管非抓着我送锦旗,我不要,他硬给,然后我就跑,跑就算了,跑着跑着还把手机给弄丢了……

"孙涛啊孙涛,我真谢谢你,谢谢你居然路过那片地,从今往后你就是我的恩人,别喊我尧总,以后我喊你孙哥——"

孙涛听得哭笑不得:"尧总,您别开玩笑了,还有两个红绿灯就能到。"

尧驯开始紧张。他的头发长了,弄了个大背头的发型,又精神又俊朗,西装因为捉贼过程中弄皱了,但大致上形象还过得去。

尧驯碎碎念着："几点了？几点了？"

孙涛："到了，到了，尧总，快看，宋老板在门口等你呢。"

话没说完，尧驯已经推开车门，撒腿就往宋怀文那儿跑，相当懊悔地说："我迟到是因为捉贼，一个偷井盖的王八羔子——"

所有的担惊受怕在这一刻平息了，宋怀文安慰着尧驯："没事就好，没事就好，你的手机打不通，吓坏了我。"

"我跑过来的时候手机不知道丢哪里了。"尧驯一边脚抖，一边说，"完了，我下午提前想好要说的话全忘了。来，快推门——"

第七章
新生活

宋母正给瑶光和怀武倒饮料，侧头看见门开了，一个相当俊朗的男人穿着西服进来了。他的眼睛很亮，精神很好，那双眼直勾勾地盯着自己，有股明显的亲近感和无端的可怜劲儿。

她倒完饮料冲他笑，招呼道："来了就好，快坐下。"

宋怀文拉着彻底愣住的尧驯去了座位上。

尧驯的脚还抖个不停，他刚坐下又站起身，实打实地鞠了个躬："宋阿姨，对不起，我迟到是因为出门刚好撞见有贼偷井盖，我看不过眼就去追，追到了贼，结果把手机弄丢了，怀文才打不通我的电话，然后来的路上有些远就迟到了……"

尧驯一边说一边哭丧着脸，语气委屈又歉意，使劲看着宋母。

张叔在旁边捧场："小尧你就是热心，人没事就好。"

宋母接话："没事，快坐下吧。"

尧驯舒了一口气："谢谢阿姨。"

张叔招呼服务员可以上热菜了，菜上齐后尧驯连忙过去帮宋母倒椰奶，拿公筷去夹菜，嘴皮子也越说越溜，逐渐不紧张，开始显露能耐:"阿姨您看着真年轻,今年有四十岁吗?完全不像。"

宋母笑得很高兴:"我老了,再过些年要五十岁了。"

"不成,不成,这哪里见老?阿姨您年轻的时候肯定特别漂亮,这道银耳炖桂圆美容养颜,您喝着小心烫,勺子用开水烫过呢。"

"谢谢小尧,你也吃,别光顾着我。"

"能陪您一边吃一边说话我也高兴。阿姨,我来的路上看见一个花圃,里头全是开得很漂亮的花儿,等会儿我们吃完去散散步?我带您去广场上走动走动,那儿还开着一些小吃摊呢……"

"刚刚我和怀文他们一块儿来的时候倒是没看见花圃,小尧,等会儿我们一起去,摊子上是有卖糯米糍团子的吧?"

"好,好,好,何止有糯米糍团,还有桂花糕和梅花烙,阿姨喜欢吃什么?……"

张叔可不想放过尧驯,倒了一杯白酒,说:"小尧来晚了,必须罚,来,和叔碰一杯。"

尧驯将酒一饮而尽,高度白酒有些烧喉咙,但喝起来很爽。他嘱咐张叔:"叔,你喝慢点儿。"

"你小子行啊,真当我老了?"

"哪敢?哪敢?叔,你和阿姨一样年轻,不过身体最重要。"

宋母接话茬儿:"小尧说得对,吃饭归吃饭,上这么多白酒和红酒,喝得完吗?"

张叔说:"今儿个高兴,怀文不喝酒,等会儿能开车送咱们回去,我啊,就这点儿爱好……"

宋母也不扫他们的兴,转头和宋瑶光说话。

宋母和尧驯碰了杯，眼底闪烁着泪光。她已经很久没有这么高兴过了。

张叔："来，来，来，大家一块儿碰杯。"

一张桌子边六个人，都笑容满面，碰杯时张叔说了句话："咱们好好过日子，小辈读书上进，做生意的人安生挣钱，老一辈的人，就高高兴兴地做饭。"

宋母打趣道："你这手艺，一半还是我教的呢。"

一时间众人哄堂大笑，瑶光和怀武还在抢鸡腿究竟给谁吃。

这是尧驯自打母亲离世后头一回感受到家人的温暖。他的神色有些恍惚，这种温暖离他太远了，记忆中他跟父母吃饭的时刻也少得可怜。

人对痛苦的事情记得太清楚，反之对美好的事物却容易遗忘。

尧驯扭头问宋怀文："以后我能常来一起吃饭吗？"

宋怀文郑重地点头："可以。"

尧驯转头饮下半杯白酒，什么眼泪都被高兴的心情冲走了。

这代表他以后的除夕再也不用吃方便面了。

张叔为了喝赢尧驯，来之前还作弊地吃了些生黄豆，喝了一瓶奶，让自己不容易醉。

一斤多白酒下肚，两个人都只是稍微脸红，意识还清醒得很，四目相对，颇有股火药味。

"小尧，我要是再年轻十来岁，你未必喝得过我。"张叔说。

尧驯笑眯眯地说，语气很得意："叔，咱们还没分出上下呢。"

宋怀文："小酌怡情，醉酒伤身，都少喝点儿吧。"

138

非常好，没人理他。

宋怀文低头把椅子往后挪了一下，幽深狭长的眼睛半合着，一副山雨欲来的模样。他抬手给自己倒了一杯白开水，静看旁边的尧驯和张叔喝得找不着北。

宋母拉着瑶光和怀武说话，这天也算是个好日子，就只能随张叔和尧驯他们去。

这顿饭从七点半吃到九点，一行人整整吃了两个小时。

张叔和尧驯从城市绿化谈到农村建设，四瓶白酒都下了肚。张叔喝得脑子有些晕，抬头看尧驯也一副即将醉过去的模样，心里十分满意。不过这回他多留了个心眼儿，假装在桌子上眯眼。

果不其然，张叔听见尧驯的声音相当平稳，呼吸都没乱："等会儿先送叔回去吧，你的车坐不下那么多人，我单独在这儿等你。"

张叔连忙睁开眼睛，说："我就晓得你这小子是装醉蒙我呢，被我逮住了吧。"

"……"

尧驯讨好地笑了笑："叔，咱们回去？"

"回什么回？我刚叫了这家自己酿的米酒，手艺别提有多好。"张叔拿捏住了尧驯的胜负欲，说，"小尧，你该不会是喝不下去吧？"

"这话听得我就不乐意了。"赶巧服务员送酒进来，尧驯站起身倒酒，想着这酒闻着香甜，度数应该也高不到哪儿去，就当陪张叔高兴高兴。

再说这年头儿哪有他尧驯喝不过的人，开什么玩笑？

张叔老谋深算得很："拿碗，拿碗，要什么杯子？"

尧驯立刻换成吃饭的大碗。

宋怀文在旁边拿起水壶,手背青筋明显,无语地又给自己倒了一杯白开水。

尧驯听见动静后条件反射地抖了抖腿,扭头看宋怀文:"我没醉,你放心。"

宋怀文点头示意知道了,面不改色地继续喝水。

最后张叔被怀武和瑶光搀着出了包间,宋母摇着头表示年纪越大越不服输,老张就这德行。

而包间里的尧驯成功地烂醉如泥了,还抱着第三瓶米酒"咕噜咕噜"地喝,不断嚷嚷着:"不能浪费,这可是……好东西……"

宋怀文把拳头攥紧,太阳穴那儿跳得厉害,但脸上还是维持着淡淡的笑意。

宋瑶光原路返回,问:"哥,妈问你是回家还是送尧哥回家。要是去尧哥那儿,我就开你的车送他们回去。"

宋怀文半合着眼睛,睫毛浓密,遮挡住眼底的情绪。明天要开门做生意,他得回家,不能让张叔一个人忙活,但让尧驯一个人回去他也不放心。

"车里坐不下这么多人,你开车注意安全,我和他打车回家。"宋怀文最终说道。

宋瑶光:"好。"

包间里的尧某人很安静地坐在椅子上垂着头,俊逸的脸庞通红一片。他醉了后满脑子都是不能浪费的想法,见什么喝什么,那瓶红酒也被他干光了,一滴不剩。

宋怀文让尧驯把提前倒好的酸奶喝了，酒精太伤胃了。

尧驯咬着玻璃杯，就是不喝，即使是醉眼蒙眬了也认得出眼前的人是谁。他带着醉意喊："宋……怀……文……"

"我在。"

"这个不好喝……"

宋怀文叹了一口气，说："以后不能再喝这么多酒了。"

"下次……还敢……"

宋怀文："……"

他这种有问必答的样子未免太气人了。

夜风徐徐，宋怀文背着尧驯走在路上。他看了看周围，幸好瑶光他们离开得比较早，现在广场上在放最后一轮音乐喷泉，还有大型烟火盛放，人很多，地铁站的入口都被堵住了，出租车更是开不进来。

宋怀文挑了条狭窄的小道走。他背着一个西装革履的醉汉，重是真的重，但算不上很吃力。

尧驯在他背上也不老实，嘟嘟囔囔着："我……姓尧，你得喊我尧哥。"

"尧哥，听话别动。"

"不……你要听我的……"尧驯说完然后猛然抬起头看向路灯，挣扎着要从宋怀文背上下来。

尧驯的力气很大，速度也很快，他挣脱成功后就撒腿开跑。

宋怀文面无表情地盯着正抱住路灯的尧某人。

三秒钟过后,尧驯还想凌空往上爬,闭着眼吼道:"宋怀文——你怎么瘦成这样了?——"

路灯静静地照着地面。

宋怀文捂住自己的眼睛,脸上的笑意彻底消失了。他过去拽住尧驯的衣领,决定把人拖走。

宋怀文此刻抿着嘴的表情很是冷漠,然而下一秒尧驯就来了几句话:"谁也不能饿着宋怀文,你们不给他吃饭……我给,我把宋怀文喂成两百斤的大胖小子——"

宋某诡异地被这话治愈了。

两个人打到出租车后,司机听了两个人一路的对话。

"我不借钱。"

"好,不借。"

"我还抠门儿。"

"抠门儿好。"

"我是好人吗?我是好人——"

"我知道。"

…………

尧驯没完没了地说着真心话,宋怀文温声且耐心地听着。

司机听得耳朵都起茧子了,有点儿想把自己的耳朵堵起来。

老楼区静悄悄的,上楼上到一半,尧驯嘟嘟囔囔地说:"手疼,好累,想睡觉。"

宋怀文心想尧驯喝醉了酒,说的都是真心话。他缓缓地松开双手。

此时得到自由的尧驯拔腿就跑，直接上楼推门而入。

被丢在原地的宋怀文有些咬牙切齿，急忙也跟上去。

宋母和瑶光在客厅里看电视，一扭头看见尧驯踉踉跄跄地走了进来，眼睛微微睁开，神情迷茫又可怜，眼角都是通红的。

宋母急忙站起身想扶他，问："小尧，你这是怎么了？怀文呢？他怎么也不看着点儿你？"

尧驯没管三七二十一，张开嘴就开始哭："妈——你不认识我了？我是尧驯哪，是你儿子呀。"

宋怀文扶着门框喘气，抬起头就听见这句话。

宋母担忧地问道："小尧，你没事吧？"

尧驯听见动静转过身，一把把宋怀文拽到宋母面前，继续一边哭一边号："我什么事都没有，我给你介绍一下，这是你儿子，宋怀文。"

"他是我儿子，我知道。"宋母哭笑不得。

尧驯字字铿锵有力，说得和真的一样："这就对了，我也是你的儿子。"

"好，好，好，你也是。"宋母笑得很高兴。

宋怀武帮大哥和尧驯铺好床后从卧室里出来后，看到尧驯动作麻利地把西装外套脱了，他揉了揉眼睛，确定自己没有眼花。

众目睽睽之下，宋瑶光的尖叫声相当清晰："哥，快把尧哥扶起来，他想劈叉——"

异常亢奋的尧驯劈叉没劈下去，成功闪着腰后哭得更凄惨了。

众人哄了好久，尧驯才肯脱衣服去洗澡。

尧驯上床后睡不着，宋怀文想了个法子，翻开床头放了很久的政治书开始照着念。

尧驯果然听见念课本就犯困，闭上眼老老实实地睡觉。

外头月光如华，宋怀文舒了一口气，静静注视着外头，此时无声胜有声。

第二天宋怀文起得很早，穿戴整齐后去天台上晒昨晚换下来的衣服，顺便下楼买早点。

快到十点了，怀武早就上学去了。

宋瑶光在客厅里帮宋母削苹果吃。张叔坐在沙发上喝茶嗑瓜子，好奇地问了一句："怀文，小尧还没醒呢？"

宋怀文在挑拣做卤味的毛豆，头也没抬地说："没醒，还在睡。"

张叔说："快中午了，去叫醒他吧，要不然赶不上吃午饭。"

宋母也笑道："等会儿我来下厨，多了个儿子也是件值得高兴的事。"

宋瑶光想起昨晚那场面就想笑，连连附和："妈说得没错，哥，你赶紧拉着尧哥起来和你一起剥毛豆。"

宋怀文表情很淡定，放下那袋子毛豆，用肥皂洗了手。

他推开门后，就见床铺皱巴巴的，尧驯把半边脸埋进枕头，呈人字形趴着，被子也卷在腿上。尧驯睡得十分没心没肺，头发凌乱不堪。

宋怀文走过去，坐在床头，声音很轻地喊："醒醒。"

尧驯缩头皱眉，充耳不闻，继续睡。

"尧哥。"

"……"

宋怀文蹙眉思考了一会儿，站起身，轻飘飘地说了一句："公司破产了。"

尧驯猛然睁开眼："有话好好说，大清早的，差点儿把我吓死——"

"穿上，免得着凉。"宋怀文把提前准备好的衣服拿给尧驯，又低声问，"还记得昨晚发生了什么事吗？嗯？"

这语气一听就感觉不会是什么好事，尧驯如拨浪鼓般摇头。他也确实什么事都想不起来，说："不记得，不记得，喝断片了，什么也不记得了。"

宋怀文笑了笑，没说话。

"所以我干什么了？"尧驯开始变怂。

宋怀文轻声说道："先去刷牙洗脸，晚上慢慢想。"

尧驯彻底呆滞住，挠头挠了半天都没想起来任何事。

吃午饭的时候，尧驯感觉除了张叔外，其余人看他的目光都怪怪的。

客厅的老电视在播放市区实时新闻，尧驯刚吃完自己碗里的一块红烧肉，结果一抬头就看见上面在播自己昨天抓贼的视频监控录像。

"优秀市民追击盗窃井盖的不法分子，西装小哥好样的！"

标题醒目得让宋母笑出了声，宋怀文也抬头看了一会儿。

尧驯越看越觉得羞耻，接下来要接受采访的还是那个硬要送自己锦旗的城管。

昨晚就是因为这个人自己才跑丢了手机，尧驯含恨又吃了一块红烧肉。

下午尧驯帮宋怀文处理食材。毛豆要剥皮，藕要切片，肉类需要腌制……这些事都很费时间。

两个人忙完这些事后准备一块儿去店里。

这回张叔坐在后面，让尧驯坐副驾驶座。

宋怀文中途停车送尧驯去旗舰店买了新手机，尧驯付钱的时候眼睛都没眨一下。

人来人往的闹市区繁华依旧，"老宋烧烤"开始营业了。尧驯帮着搬桌子、搬椅子以及打扫卫生。之后宋瑶光和黄宁也一块儿来了，张叔在厨房里撸起袖子准备干活儿。

宋怀文在这么一刹那明白了自己的新生活已经开始。

"我喝醉之后到底干了什么事？"尧驯想了一晚上都没想出来。

宋怀文反问："真想知道？"

"想得睡不着，快告诉我。"

宋怀文沉思片刻，站起身说："尧哥，你还是不知道比较好。"

尧驯相当不满意，哀号道："说了一半又不说完，难受死我了……"

宋怀文在洗手台那儿刷牙，声音有些含混不清："早上想吃什么？"

尧驯老老实实地回答："三鲜包外加炸麻球，再来杯豆浆。"

"过会儿就去给你买。"

宋怀文买完早点回来，开始日常喂鸟浇花，扫地抹灰。

尧驯坐在沙发上一边咬包子一边批文件。

客厅里都是尧驯的声音，他日常骂骂咧咧地说道："年年做豆腐渣工程的老浑蛋还敢找我做生意，这人做一栋楼烂尾一栋，居然不死心地想继续坑我，我等会儿就回信去骂他。"

"什么娱乐圈拍电影的？《回家的诱惑》我还没看明白呢，这怎么又塞进来一张拍卖会的邀请函？"

"打高尔夫、赛马、游艇聚会……他们都五十多岁的人了，还天天搞这些活动，还不如多喝热水，养生泡脚。"

"还有让我去什么红灯区看表演的，我发现这些有钱人真是什么事都做得出来，啧啧……"

这些不着边际的碎碎念话语，宋怀文听了半天，也没觉得聒噪。

吃完午饭后宋怀文刚进厨房洗碗，家里就迎来了一位不速之客。

尧驯一打开门就看见沈乘风慌慌张张的模样。

沈乘风躲什么似的急忙钻进屋子里，说："赶紧把门关上——"

"出什么事了？"

沈乘风呼吸剧烈，一边说一边恶狠狠地攥紧拳头："之前下棋时我被老李的孙子揍了一拳，刚才在来的路上我碰见他了，我打完招呼后趁他不注意时往他的屁股那儿踹了一脚，这臭小子正追杀我呢。"

"谁都知道你会来我这儿，估计过会儿人就找上门来了。"

沈乘风粗声粗气地说："你来替我挡挡。"

147

尧驯:"……"

宋怀文站在厨房门口擦手,脸上挂着淡笑询问:"沈先生吃饭了吗?"

沈乘风摆摆手说道:"别误会,我不是来蹭饭的,主要就是来告诉你们一个消息。"

此刻阳台上的鹦鹉扭着屁股再次来了一句:"你孤寡——孤寡——"

沈乘风总算明白为什么尧驯之前想宰了这只傻鸟,白养了它一阵,它还能这么没心肝地嘲讽自己。

"冯军的事被董域彻底翻了出来,上面扫黑除恶的小组下来,查出来这人早几年还做过其他不法的事……孙忠南之前也被他坑进赌场,输得倾家荡产,十几亿的账本外加其余很多案件并在一起,冯军估计得被判死刑。

"董域昨天上午走了,他这疯子有仇报仇,有恩必还,托我带句话给你。他说他再不欠宋家任何人情,以后桥归桥,路归路。"

过去的事彻彻底底地翻篇了,宋怀文面无表情地点头。他从尧驯身上学到了很多东西,待人的明朗,洞察世事的睿智,这些特质都影响着他。

宋怀文有时候觉得自己只是做了一场困顿苦难的梦,梦醒后一切事都来得及。

昨晚他收到了银行的入账信息,减去六年前借的二十万合法利息上的二万七,其余的钱一分不多一分不少,都被还了回来。

宋怀文最终扬起嘴角笑了笑,没有太多忧愁,坦然接受一切都尘埃落定后的生活。

王婶现在看见尧驯都绕道走。她那天照常跳着舞，却没想到尧驯拖着宋怀文来小广场围堵她。

众目睽睽下，尧驯握住王婶的手深表感谢："婶，实在太谢谢您了，您不仅教我怎么交朋友，还替罗娜找到了老公，没有您，她哪儿来的对象？这不，她忙着工作，锦旗由我来代送。"

王婶不愿再笑，僵硬地接下了那面"月老下凡，在世红娘"的锦旗。

尧驯还将沈乘风的照片塞到了王婶手里，超大声地说："我把他的终身大事也托付给您了。婶，您就是我们的救星。"

宋怀文无奈地在旁边站着，然后还和尧驯一起鞠了个躬。

王婶："……"

王婶深呼吸后有点儿支撑不住，被其余几个老姐妹搀扶着撤离了现场。

尧驯摸着下巴沉思，说："我等会儿就去菜市场抓几只老母鸡送到婶家里去。"

宋怀文说："她不会让你有这个机会。"

"为什么？"

宋怀文："因为你可能连门都进不去。"

秋天在文南市的存在感太低，一两个星期的工夫，气温骤降，寒风四起，大街上的人们大多裹上了厚外套。

尧驯一向体热火燥，晨跑还习惯穿着单薄的运动服，经常被宋怀文勒令必须加件贴身秋衣。

尧驯拒绝得彻彻底底:"我热和着呢,不冷。"

宋怀文选择和他一起晨跑。

于是宋怀文手里拿着外套,尧驯在前面跑,他在后面追。

雾气蒙蒙,露水都沾染到了花枝上,两个大男人在小区里玩猫捉老鼠的游戏,闹出的动静还挺大。

尧驯实在跑不动了,气喘吁吁地摆手投降:"我穿,我穿。你怎么就不累呢?"

宋怀文让尧驯披上厚外套。

可两个人刚运动完,出了一身汗,倒是显得外套有些多余。

宋怀文和尧驯大汗淋漓地回家。

之后两个人一起去买菜,到菜市场里搬货,上午在家里处理食材,下午开车去店里。

"老宋烧烤"的生意实在火爆,张叔和宋母研究了不少新菜,什么烤鱼锅子、牛腩锅子,味道好,食材新鲜。

冬天在红棚子里热热闹闹地吃顿夜宵,高高兴兴地划拳、喝酒、吃锅子,"民以食为天"这句话诚不我欺,店里的人个个都乐和地忙碌着。

有天上午,宋怀文在电脑前填成人高考的报考资料。

他要是有个文凭就能做更多事,某种意义上来说算是圆了他当年没有去读大学的遗憾,这学历含金量不高但足够了。两年后他能拿到学位证书,再自学工商管理、计算机之类的专业,可以帮尧驯处理生意场上的事情。

宋怀文抬手揉了揉泛酸的眼睛,清楚肩膀上的责任依旧不轻。

他得为自己的未来生活打算，一直做个大排档老板可以，但人不能停滞不前。

他也该做些自己真正想做的事情。

尧驯刚打完电话，脑袋疼，开始在宋怀文耳边嚷嚷："孙涛的老婆怀孕了，叫我给他休假。"

"嗯。"

"没了他，我就得去公司。不行，不行，我看见那会议室就头晕，要不然你来给我做助理？"

宋怀文翻书的手停下，他抬眼问："尧总有什么吩咐？"

尧驯大声回答："宋助理，请你先去给我买包烟。"

宋怀文摇头："上个星期你已经提前抽完了这个月的量。"

尧驯黯然神伤，跑去阳台上对着鹦鹉哭诉自己有多惨。

鹦鹉理都不理他，扭着屁股无语望天。

人类真的烦死了。

午睡的时候宋怀文先醒了。他看向窗户外，忽然想起过去的一些事。

有一年，流传着一个有关世界末日的预言。

高考前夕，宋怀文还在上晚自习，被老师叫出了教室。

班主任告诉他："你是我教过的最优秀的学生，我相信你将来会越来越好。"

宋怀文身上穿着的衣服被洗得发白，袖口都被磨破了，但他不在乎这些，对未来依旧满怀信心和憧憬。

可是盛夏的尾巴来了，母亲骤然病倒，宋怀文借了那笔钱，对未来的憧憬也溺死在现实灰暗的长河中。

那年冬天，世界末日没有到来。

宋怀文为了省一笔水钱，在天台用红勺子挖雪。那时候他表情麻木且僵硬，活得无比顽强尖锐，不想死，只想活。

宋怀文从回忆里挣扎出来。

尧驯醒了，打着哈欠说："我梦见好多年以前的事，文南有天下大雪，大晚上我睡的地下室漏水，被子全湿了，差点儿被冻死。不过我很聪明，当时楼上有钱人都开空调取暖，空调的外机不是会排风吗？我就裹着湿被子去那里烘干，还捡了纸壳子挡冷风，很暖和，我靠在那个墙角睡了个好觉……"

尧驯说完还笑眯眯地夸自己："你尧哥我是真牛，以后要是得去野外生存，我大概能活过王八——"

宋怀文一刹那间眼睛有些泛酸，听着听着，不自知地泪如雨下。他的脸色十分苍白，牙齿都在打战，好久才缓和过来。

陈年旧事是抹不掉的烙印，但遇见尧驯后，宋怀文没有再怕过冷。

冬天是个漫长的季节，宋怀文准备在过年前买新房，让宋母安心养病，以及挑个黄道吉日让张叔和母亲去领个结婚证。

两个人等了对方大半辈子，现在也该好好为自己求个结果。

这种喜事尧驯必须掺和，他还发动孙涛和沈乘风一块儿准备着。他想来想去，元旦时领证结婚最好。

宋怀文又要看书，又要忙着店里的事，这段时间累得很。

尧某人因为头一次帮人筹办婚礼，烦躁得经常抽烟。这回他烦躁的原因是：请来吃饭的客人名字里有生僻字，他根本不认识。

尧驯的自尊心再次被打击，他碎碎念道："早知道好好读书，这么没文化还怎么混？"

宋怀文宽慰了他好一会儿。

尧驯老老实实地把烟熄了，忽然嘀咕："你还真是不抽烟，不喝酒。"

宋怀文认真回答："香烟和酒精会减少寿命。"

话音刚落，尧驯果断地拿起手机发信息给沈乘风，叫他来家里拿烟，剩下的烟不能浪费了。

那就让沈乘风一个人减少寿命吧。

文南市有座很有名的寺庙，一年四季游客都很多，求官运、财运，求姻缘、求平安，求什么的人都有，尧驯偶然听沈乘风说起过。

这早孙涛汇报工作的时候又提到了这个地方："尧总，咱们市的那个曹山寺升级成五A景区了，晚上还有个庙会，据说有不少杂耍班子都来呢。"

尧驯一听这事就来劲，忙用手肘拱了拱身旁戴着眼镜正翻书写字的宋怀文，说："我小时候在老家年年赶集可好玩了，好几年没凑这种热闹了，晚上和我一块儿去？"

宋怀文把书合上，声音低沉地应道："行。"

尧驯说："下个星期就是元旦了，店里有我雇来的人看着，你老老实实地跟我一起去玩，听见没？"

宋怀文点头"嗯"了一声。

"再看书，你人都要看傻了。"

宋怀文摇了摇头后，笑着再次翻开书。

尧驯跑去阳台上逗鹦鹉玩，和鹦鹉大眼瞪小眼时，脸色果断变得冷漠。通过这些日子和这只傻鸟斗智斗勇，他明白了一件事——鹦鹉没有成精，但它欺软怕硬。他不能对它温柔，只能对它凶狠。

鹦鹉："……"

尧驯半眯着眼："你倒是继续骂人哪。"

鹦鹉扭了扭屁股："……"

尧驯露出笑容："果然这招管用。"

下一秒鹦鹉忍无可忍地扑棱着翅膀："孤寡——孤寡——"

尧驯在拳头硬起来的同时吓蒙了，转身跑去客厅扯着嗓子喊："宋怀文，我没骗你，这只鸟真的成精了！它真的听得懂我说话！"

鹦鹉："……"聒噪的人类。

两个人出发去庙会的路上，在一个十字路口等红绿灯时，尧驯得知公司出了几件事，要他回去主持大局。

终究还是要上班的尧董事长愁得点起一根烟咬在嘴里，随手摇开车窗，结果侧头就看见旁边停了辆迈凯轮。

迈凯伦的驾驶座的车窗也缓缓下移，冯北认出尧驯，打了个招呼："尧总，这么巧，您的自行车升级成五菱宏光了？"

尧驯自然而然地回嘴道："我现在改骑电动车，这是我朋友的车。"

"哦，哦，那我先走了。"

冯北觉得尧驯这人真有意思，不过他旁边坐着个"煞神"，摇起车窗看到绿灯亮了，立刻左拐走人。

尧驯看着迈凯轮的车屁股，抖了抖烟，觉得轮胎该换了。

宋怀文手握着方向盘，指腹抬起又轻放，发出"嗒嗒"的声音，脸上的表情一如既往地平淡。

尧驯解释："我看他的车轮胎磨损得明显，是该换了。我这是职业病，当年修车的时候留下的。"

"嗯。"宋怀文不轻不重地回了一个字。

恰好绿灯亮了，宋怀文踩油门直行，继续目视前方，随口问道："刚刚那位先生是尧哥的朋友吗？"

"我不记得他叫什么，好像几年前他来找我买了块地。"尧驯想了想，不确定地说。

宋怀文"嗯"了一声便没有再问。

寺庙在山上，庙会在山脚下的小镇举行，庙会上简直是人山人海，人的脚趾头都快被踩断几根。

尧驯就喜欢这样的热闹场景。他从前一个人的时候经常逛小吃街的夜市，混在人群里会显得自己看起来不孤单，身边暖和热闹，自个儿也显得热闹。

尧驯看见冰糖葫芦嘴馋，宋怀文只能隔着老远和他一块儿挤过去买。

一人拿了一串冰糖葫芦，红彤彤的酸山楂裹着糖浆的外衣，一口咬下去，在口腔里爆开酸酸甜甜的滋味。

宋怀文很细心，抬手帮尧驯掰断了扦子的尖端，怕万一戳到了尧驯。

庙会上不光有糯米丸子和热乎乎的瘦肉丸，还有老手艺人舞狮、喷火、变脸、耍牙的激情表演，赢得游客们的满堂喝彩。

尧驯也情不自禁地鼓起掌来。他忽然想起一件事，立刻和宋怀文说起自己以前差点儿跟村里的一个老师傅去学舞狮。那师傅夸他下盘稳，适合当狮子头。

宋怀文附耳问："怎么没去成？"

尧驯老老实实地回答："因为我长得帅，那个老师傅的女儿当时在读初中，就嚷嚷着要嫁我。我直接告诉她，我那方面不行，刚巧被那师傅听见了。"

宋怀文没忍住笑意。他细心听着，好奇年轻些的尧驯是个什么模样。

尧驯喜滋滋地说："从那以后，再也没有人给我介绍对象了。"

尧驯说得绘声绘色。宋怀文低头轻笑，缓了缓后，和尧驯一块儿上山去找那棵远近闻名的许愿树。

上山的阶梯很长，宋怀文和尧驯的体力倒是不错。旁边有不少小情侣摸着路灯往上走，累得气喘吁吁的比比皆是。

尧驯看宋怀文那气定神闲的模样，忽然想使坏："下回让你去报个马拉松比赛。"

"嗯？"

"我家刚好缺个榨汁机，现在跑步比赛的赞助商大部分是卖这玩意儿的。你去了，肯定能拿冠军。"

宋怀文表示:"人外有人,山外有山。"

尧驯用手臂揽住宋怀文的肩膀,用一种相当欠揍的语气说:"我就想知道你到底会不会累?"

许愿树其实就是棵郁郁葱葱的常青树,红色布条挂满了树梢,随风飘起来的样子看起来还挺文艺清新的。

尧驯看见不少布条上还绑着小木头,写着家人平安、事业进步等各种各样的祝福语。

宋怀文仰起头看风撩拨树叶,一片红布随风飘起,旁边摆放了许多许愿灯,铜樽里插着无数燃尽的长香。

他和尧驯站在树下面看着,两个人很默契地都没有把愿望说出来。

尧驯心想:我觉得你这棵树不怎么靠谱,你要保佑太多人了,让我身边的这家伙插个队吧。

宋怀文闭上眼面容虔诚,没有将心愿说出口。

最终尧驯没砍价成功,老老实实地花了十五块钱买了根红布条挂在树上。

尧驯虽然字丑,但一笔一画写得格外认真,眼神很专注,写完后兴冲冲地递给宋怀文看。

万事胜意,平平安安。

——尧驯 宋怀文

那天晚上庙会结束前放了一场盛大的烟花。

　　尧驯和宋怀文在半山腰的石阶上坐着,眼底闪着光,相视而笑,宛若从前的那些苦难都没发生过。

　　忽然耳畔吹来一阵轻风,风里是人间烟火,藏着无数人的心愿,也包括尧驯和宋怀文的。

（全文完）

番外一
气球

　　一大早民政局前就排起了长龙,张叔和宋母相互挽着手排在队伍的末端。

　　门口还有不少卖爱心气球的摊贩,这年头儿的商贩都知道,除了小朋友和学生以外,就是年轻人的钱好赚了。商贩们把每个气球的价格都调高成了十块,美其名曰十全十美。

　　尧驯蹲在旁边虎视眈眈许久,眯着眼睛打量。粉粉的气球还挺可爱,他有点儿想买。

　　宋怀文站在尧驯身侧。

　　"等着我。"尧驯这时候抬手扯他的衣袖,说,"给你买个气球,马上回来。"

　　宋怀文还没来得及回答,尧驯就站起身冲向卖气球的大婶堆里,宋怀文被扔在原地,茫然又无奈得很。

　　"婶,气球多少钱?"

　　"十块,十块,小伙子新婚快乐,买个气球给老婆玩。"

　　尧驯一听这价格,皱起眉头,决定换一家。

"哎，别走啊——"

问了五六个大婶后，尧驯才知道大家全都统一好了价格。

尧驯走回第一个大婶面前，表情微妙地问："婶，少点儿，行不？"

"你这小伙子，登记结婚这么大的日子，十块钱买个好彩头，保准你老婆乐开了花。"

尧驯摇头："不是我结婚。"

"不是你？"

"今儿是我干妈登记。"

老婶："小伙子，老夫老妻也得搞搞浪漫。这气球买回去，你干妈肯定高兴。"

"婶，你看五块钱两个，刚好一个给我妈，一个给我弟弟，成不成？"

老婶皱起眉盯着尧驯："这么砍价，坏了规矩可不好。"

尧驯压低声音说："婶，你一看就是个爽快人。咱们偷偷的，不让你的同行知道。"

老婶低下头沉思良久，心不甘情不愿地给了尧驯两个气球，小声说："五块就五块吧，我做小本生意的，不容易，要不是看你长得帅，我哪里肯？对了，你处对象了吗？"

尧驯拽着两个气球，转念一想，两个气球也不够。他皱起眉，沉痛地说："其实不瞒您说，我儿子都有了，不过我怀疑那根本不是我的——"

老婶这辈子都没听过这么劲爆的八卦消息，瞪大了眼睛问："你是怎么发现的？"

尧驯偷瞄了一眼不远处的宋怀文，立刻开始胡编乱造："我不行，我阳痿，可我老婆去年还怀上了。"

他一边说一边叹气，一个成年男人的悲伤之情溢于言表。

老婶颤抖着手哀叹："这年头儿，家家有本难念的经……"

"唉，婶，你不用安慰我。"

"小伙子，这样，我记得前面有家男科医院。"

尧驯继续假装悲伤地说："我看了很多家医院，都没用，就算他不是我儿子，我还是想给他买个气球。"

老婶二话不说就把一个爱心气球递给了尧驯："这个就当送你了，真不容易，好好的人怎么就……"

"谢谢婶——"

尧驯拽着三个气球飞快地蹿回宋怀文身边，表情相当淡定："你一个，我一个，干妈一个。"

宋怀文把气球绳子绑在尧驯的手臂上，在自己的手臂上也绑了一个。两个人一起幼稚，一起高高兴兴的。

尧驯用手肘捅了捅宋怀文，笑容蔫儿坏地说："猜猜我用多少钱买回来的？"

"三十？"

"不，不，不。"

"尧哥。"

"好，好，好，都告诉你。"尧驯凑近宋怀文，添油加醋地说了遍过程，顺便补充道，"让老婶净赚四块钱。这种气球我原先也卖过，成本价，三分钱一个。"

宋怀文促狭地说道:"尧哥,男科医院还去吗?"

尧驯嘚瑟地挑眉:"打折了再去。"

快十点的时候,领完结婚证的张叔眼角眉梢都流露着高兴之色,宋母穿了一件红色的大衣,衬得她气色不错。两个人走出来后齐齐一笑,十分登对。

宋怀文再次充当司机,专注地开车。

尧驯开始扯犊子:"我以后也要改口了,喊叔干爹。"

张叔连忙摆手:"使不得,使不得。怀文、瑶光和怀武喊了二十多年都喊习惯了,照常喊就行。小尧,你也一样,别整这些。"

尧驯扭头挤眉弄眼地对宋母笑道:"瞧瞧叔,他这是害臊了。"

宋母也笑:"随他去吧。"

一车人其乐融融地笑了。

酒席办在张叔老家文南的一个县城的乡镇里,张叔的父母早早就去世了,留下来一栋祖屋,四层高,一楼空着,刚好可以用来摆酒。

邀请来吃饭的亲朋好友早早被沈乘风安排入座,就等宋怀文和尧驯把新人送到了。

沈乘风、孙涛、瑶光和怀武四个人各自拿着礼炮。

宋母挽着张叔刚下车,一抬头就被礼炮撒了满头银粉,周围的人欢呼雀跃地道喜,气氛热闹无比。

宋怀文和尧驯走在宋母和张叔身后也沾了光。

喜酒得一桌一桌地敬,鞭炮在十二点准时放起,每桌都有热气腾腾的二十道菜，七八桌人也不拘束，大大方方地吃喝。还有几个亲朋好友的孩子一边啃着鸭爪，一边去捡小鞭炮玩。

沈乘风看见这画面就想起尧驯，立刻扯着嗓子告诉宋怀文："大前年他跟我回家过年时也干过这事。"

宋怀文脸上的笑容不减，他点头示意自己知道了。

尧驯立刻在桌子下踩了沈乘风一脚，说："就去过一次。"

过了一会儿，张叔和宋母一块儿来这桌敬酒。沈乘风殷勤得过于夸张了，还想拉着宋母看手相，被尧驯极力拉扯走。

尧驯压低声音说："这是我的干妈，又不是你的。"

"我看见阿姨感觉亲切，懂吗？"沈乘风嘀咕道，"不要以你的小人之心，度我这个君子的腹。"

尧驯没听懂这是什么意思，两个人对视了一秒，即刻开始打闹。

同桌吃饭的瑶光和怀武开始和孙涛讨论他的肌肉是怎么练成的。

下午一点钟时，大家都吃得差不多了。

张叔叫客人上楼去午休，房间都安排好了，客厅的沙发让几个小辈躺着看电视，二楼和三楼都有房间。

尧驯想帮忙洗碗，奈何张叔雇来一堆邻居大婶，压根儿用不着他。

尧驯连同宋怀文一块儿被推上楼休息，还被嘱咐五点钟下来吃晚饭。

客房干净得很，床单都是新的，两个人休息到了五点钟就下去吃晚饭了。

番外二
上班

"尧总,您在吗?"

"尧总在家吗?"

"尧总——"

门铃伴随着罗娜的声音一阵一阵地拉长。

"来了,来了——"尧驯赶紧去把门打开。

宋怀文则不慌不忙地去柜子那儿拿杯子倒了一杯水。

在外等待多时的罗娜穿着西装裙和小皮靴,外搭米色风衣,手拿文件包以及平板电脑。再不把尧总请回公司,她这秘书不做也罢。

她前两回来的时候,尧总一次说自己感冒,一次说鹦鹉生病了要人照顾,这次不管是什么理由,她都不会再相信!

进门后罗娜直奔关键人物,言辞恳切地说:"宋老板,您和我一起劝劝尧总吧。马上快要放年假了,市场部、销售部和监管部都有一堆文件需要尧总批,孙助理休假回家了,公司里现在群龙无首。尧总再不去上班,楼下的保安都要跑路了——"

尧驯坐在沙发上皱着眉说:"我去年不是威胁过那小子吗?"

罗娜笑容僵硬地说道:"尧总,我只是举个例子。"

宋怀文把水递给罗娜:"先润润嗓子,外面天气冷,辛苦你老是跑来跑去的。"

"谢谢宋老板,职责所在,不辛苦。"

尧驯扶额叹气,叹完后老老实实地把罗娜带来的文件包打开。

罗娜干脆利落地把半杯水一饮而尽,然后站起身拿起平板电脑开始汇报工作,从股票到公司运营,从政策施行状况到市场走向,从管理层到员工近况……汇报下来总共花了三个多小时。

尧驯皱起眉,老老实实地拿笔批文件,一边听汇报一边询问,还真有股总裁范。

实际上尧驯满脑子都在谴责自己没文化,不仅听不懂洋鬼子扯英文,现在连秘书说的专业术语都整不明白了。

他批完文件后手都在发抖,眼睛也疼。他躺在沙发上,语气沉痛不已:"我去还不成吗?我发誓,我明天一定去上班。"

罗娜被逗笑了:"尧总,公司上上下下都等着您呢,年会还指望您一展歌喉。"

"别提这茬儿。"尧驯哭丧着脸和宋怀文吐槽:"我五音不全,你知道吗?可他们先前非让我唱歌,就是去年的事。我当时唱了什么来着?"

罗娜回答:"《敢问路在何方》。"

"对,对,对。"

宋怀文低笑道:"好了,别耽误罗姐回家吃晚饭。"

尧驯老老实实地站起身送罗娜出门,还发了个大红包给她表示辛苦。

罗娜上出租车后,把明天尧总要回公司的消息在群里通知了一遍。

经过一晚上的鬼哭狼嚎,尧驯最终决定拽着宋怀文一块儿去上班。

玛莎拉蒂被还给沈乘风后,五菱宏光就成了尧驯的出行工具。

保安想上来拦车,但车窗露出的脸十分熟悉,吓得年轻保安脱口而出:"尧总,你诈尸了?"

尧驯挑眉:"大惊小怪什么?罗娜担心你跑路,小子你注意点儿。"

保安站直身体敬了个礼:"收到,以及宋先生早上好——"

"你也好。"宋怀文温和地回应。

宋怀文停好车,两个人一块儿上楼。

八点半上班,员工们陆陆续续地进来打卡上电梯,各司其职,井井有条。

但这天情况格外不一样,许多天没有见过的董事长出现在公共的饮水间里正喝着豆浆呢。

"尧总好——"

"尧总早上好——"

…………

尧驯笑得脸皮都快裂开了,打完招呼后赶紧抱着两杯豆浆上了顶层的办公室。

公司的豆浆是鲜榨的，很好喝，尧驯嘴馋，顺道给宋怀文捎了一杯，再留一杯自己慢慢喝。

尧驯用嘴叼着纸杯，推开办公室的门，模样有些滑稽。看见宋怀文正站在落地窗旁发呆，他就没出声。

外头高楼大厦比比皆是，斑马线上人们都显得极为渺小。站得越高，遥望出去的风景越好，但宋怀文还是喜欢穿梭在大街小巷里，菜市场也好，超市公园也好，跟柴米油盐打交道，比跟冰冷的文件夹打交道简单多了，也自在多了。

尧驯把豆浆递给宋怀文，听见宋怀文转身说："做完工作，早点儿下班。"

整整一个早上，尧驯伏在小山似的文件堆里，整个人彻底地伤透了心。

尧驯蹙眉抓狂，一边签字一边看文件，看完一堆，还有一堆，有些项目不能批准，还得迂回地骂回去……

而宋怀文气定神闲地在落地窗边的沙发上看报纸。

尧驯："帮我。"

宋怀文："我还没学到这方面的东西，不能给你添乱。"

尧驯："啊啊啊……"

中午两个人在公司食堂吃饭，尧驯魂不附体，满脸沧桑之色。

帮他打完饭回来的宋怀文低笑了一会儿，轻轻催促道："快吃饭，下午还得工作。"

又度过了一个漫长且煎熬的下午，公司骨干们都在加班，他们的尧总也在加班。

这一次足足撑到了晚上十一点,公司上下楼层的人几乎全走光了,只有顶层办公室的灯还亮着。

尧驯从来没有这么勤奋过,奄奄一息地看看文件,再看看旁边神采奕奕的宋怀文。

得了,这尧总,谁爱当谁当去吧?

番外三

梦

回老家前的一个晚上,尧驯做梦梦见自家亲娘在家门口站着,手拿锅铲,一边挥,一边铺天盖地地把他臭骂了一顿。

"你这兔崽子又爬墙出学校去外头疯了,裤子上全是泥,瞅瞅你一身的汗,给你洗衣裳起码要倒半斤洗衣粉,你想累死你老娘是不是?"

"妈,你怎么活过来了?"梦里的尧驯难以置信地回嘴。

这话惹得尧母差点儿把锅铲"哐当"一声砸在尧驯头上,她相当泼辣地叉着腰骂:"尧驯,你现在还咒起我来了?!快滚进屋里吃饭,我累死累活地做饭、洗衣服,你个不成器的东西……"

话音刚落,尧驯眼睁睁地看着自己的亲爹走了出来,连忙护住自己进屋,要不然肯定少不了被揪耳朵、踹屁股。

尧母性格火暴,是个大嗓门儿,尧父却是个地地道道的老实人。

尧驯坐在小板凳上,认真研究着饭桌边的亲爹亲妈。敢情梦里已逝之人能还魂,牛。

尧母给尧驯碗里夹了一大片炒黑的白菜,语气相当认真:"多吃点儿饭,不长脑子长个子也好。"

尧父乐呵呵地笑。

尧驯吃着白菜,忽然流了满脸的泪,再一抬头,亲爹亲妈都变成了坟包。

尧驯压根儿没被吓着,结结实实地在坟前大哭了一场,一边哭一边号:"你们托梦给我怎么不提前说一声?我都还没告诉你们,儿子现在有出息了呢——"

他说到这句话时,眼前的坟包没了,这回尧父尧母抱着个小孩儿站在那儿。

他们的头发一根没白,面色红润极了,像活过来了似的。

尧母见尧驯那哭哭啼啼的模样就来气:"老娘从前天天在你耳朵边念叨,说男子汉要顶天立地,哭,哭,哭,就知道哭。"

尧驯擦了擦眼泪,不甘示弱地反驳:"我这是难过。"

"难过个屁,丢人的玩意儿,先和娘说说你现在有什么出息了?娶老婆生孩子了没?"

"都没。"尧驯摇头。

"得了,我们走。"尧母立刻拽着尧父想变坟包。

尧驯大喊道:"妈,你怎么和我一样急,听我说完成不成?"

尧母扭头说道:"有屁快放。"

"儿子没什么大出息,但把你们说的话都听了进去,是个顶天立地的好爷们儿,不偷不抢,不坑蒙拐骗,给老家修了路、建了学校,赚的全都是良心钱……"

尧母叹了一口气,实在没辙:"成吧,管不住你,我就知道你

170

这个兔崽子天生不一样……那什么，烧纸的时候多穿些衣服。"

"好嘞，妈，您和爹还有我弟，在下面也注意着点儿身体。我明天就给你们烧个大房子，妥妥的大豪宅。"

话音刚落，尧驯猛然睁开眼醒了过来，眼角还挂着几滴泪。他一时半会儿说不上来是什么心情，要说难受倒不至于。

宋怀文醒了，尧驯问他："猜我梦见谁了？"

宋怀文耐心地听着。

尧驯老老实实地交代了梦里发生的事，闭上眼语气轻松地说："我爸妈是村里头一对不是媒婆介绍结婚的夫妻。我爸当年在田里插秧，我妈碰巧在不远的小池塘边洗衣服，两个人一见钟情，二话不说就领证去了。那时候家里很穷，不过有山有水饿不死人。

"我爸有一年死在了矿洞里，我妈伤透了心，拎着锄头带着我一块儿上山，给我爸刨了块坟地，她也哭坏了眼睛。

"后来没了弟弟，她实在撑不住了，临走的时候叫我别哭，她舍不得我，可实在想我爹了……我就把她和弟弟埋在了我爹旁边。

"我压根儿不难过，其实还挺高兴，这么多年他们从来没进过我的梦里。现在我终于梦见他们一次了，还把心里话都告诉了他们，我高兴都还来不及。"

尧驯一边说一边扬起嘴角笑，可脸上大颗大颗的眼泪使劲往下掉。他哭得无声无息，只是身体颤抖着，脖颈上的青筋凸起得很明显。

发泄完情绪后，尧驯的眼睛肿了点儿。

外头的雪下得很小，却是文南今年的第一场雪。

尧驯和宋怀文大半夜不睡觉，披着羽绒服坐在秋千上，特地把窗帘和窗户打开了。

尧驯从来没干过大半夜哭醒,然后起来看雪这种事。

外头小雪纷飞,不少掉在了树梢上,月牙微黄,地面闪烁着银光,随风扬起白茫茫的一片雪。

尧驯目光幽深地瞧着外头的雪,沉声说道:"咱们可以一起看下雪看好多年呢。"

"嗯。"

"咱们要健健康康,长命百岁。"

"好。"

尧驯站起身把窗户关紧,把窗帘拉上:"可别把咱们冻坏,走,走,走,倒盆热水泡泡脚。"

泡完脚后睡觉特别香,尧驯说:"睡觉,睡觉,明儿个带你去吃铁锅炖大鹅。"

宋怀文"嗯"了一声后说:"晚安。"

翌日,屋外下起了小雪。

冬天的被窝格外暖和,尧驯赖床不起,声音虚弱:"再让我睡五分钟。"

宋怀文拿他没辙,只好去买早点,然后收拾行李,把鹦鹉喂饱。

外边的车水马龙、一草一木和从前别无二致。

小区里不知道哪家老头子在放电台节目,主持人的声音很动听:"这个冬天,文南市有许多故事发生了……生活是平凡而伟大的,寒冷从来不能阻挡温暖淌入心底。"

宋怀文和尧驯一起撑着伞走进拥挤人潮里。

这回为了小宋能舒服些，尧驯买的是软卧的票。

两个人在车厢里一齐看窗户外的景色，大地白茫茫一片，身上却是温暖的。

窗户热意氤氲，漫长的冬季过去后，就能迎来春暖花开。

列车抵达的终点又将会开满漫山遍野的花。

番外四

信

写给二十六岁的宋怀文：

你好，我是三十岁的尧驯。没错，我奔三了，已经不是小鲜肉了，但没关系，老点儿更成熟稳重，做生意时一吓一个准儿。

这些日子我每天坚持健身跑步，要不然没准儿能被你比下去。

我这写的是什么东西？算了，继续写。

其实你看见这张A4纸的时候，我已经在回家的路上，最近忙着赚钱。

因为字太丑，不好意思手写，我在公司敲了一个多小时的键盘呢。将信打印出来时，我看着相当满意。我还寻思着要多打印几份，以免我这丢三落四的毛病坏事。

虽然我不知道自己在写什么，但没事，我就瞎写，你也随便看看。

宋怀文，祝你生日快乐。

你要快快乐乐，天天开心，多吃饭，长胖点儿，向你尧哥我学习，变得人高马大的，有六块腹肌，能举四十斤的铁。

这天是你的生日，是个大日子。

干妈说那一年的一月十三日，她在街头看见你，想也没想就把你抱起来了。

我也偷看你的身份证了，是的，你的生日就是这天。

我的手机蹦出个日期提示我，这日子过得真快。

怀武上大学了，瑶光也找了男朋友，干妈和张叔的夫妻店开得红红火火的。张叔做的红烧狮子头太好吃了，下回咱们挑个周末去吃吧。

写到这儿，我想起初中语文每次作文都是十几分，字丑，还总写错别字，老师每次都说我写偏题。

活到老，学到老，我现在有点儿后悔当初没有好好读书了。

我明明打算写一封生日祝福，寻思着写个几千字，结果现在脑子里像是进了水，不知道在瞎写些什么。

我还是当面说比较好，看电脑看得我脑袋疼，眼睛也花了。

罗娜又在催我签字。

宋怀文同志，等我回家喂鹦鹉，我想吃啤酒鸭配大米饭。

番外五
沈乘风

1

"你都三十岁了,还没对象,隔壁黄老头儿的孙子现在都可以上街打酱油了,你再看看你,穿得跟非主流似的。这满脑袋扎的是什么玩意儿?"沈母拿剪子剪着大闸蟹,一边剪一边摇头,一副恨铁不成钢的样子。

沈乘风的一半头发用来扎脏辫,发尾半段剔得很短。他找造型师设计过,这个发型显得自己又痞又帅,奈何一回家就是挨批的命。

他睡眼惺忪地刷着牙,嘴角全是白沫沫,含混地说:"妈,中午我想吃锅包肉。"

"你还敢点菜,但凡你带一个对象回家,什么鲍鱼、龙虾、鱼子酱,我连夜去买。"

沈乘风擦了擦脸,声音很闷:"好的。"

"好什么好,你倒是给我变个对象出来!"

"……"

这样的对话每天都在进行，沈乘风已经听得耳朵都起茧子了。

邻里都在含饴弄孙，他妈天天只能看着他爹，然后气急败坏地出门跳广场舞。

论沈乘风如何三句话惹怒亲妈，然后被赶出家门——

"我对结婚不感兴趣。"

"我是个正儿八经的独身主义者，对，就是打光棍的意思。"

"妈，婚姻是坟墓，你儿子我要永远不死，一直活着。"

沈母被气得要死，连夜把沈乘风的行李箱扔了出去，果断下达最后通牒："你不找着对象就别回家了，待家里一个月，每天吃了睡，睡了吃，我看着就烦，快滚回文南去！"

沈乘风叹了一口气，老老实实地订机票走人。

他原以为被亲妈赶出门就很倒霉了，结果更倒霉的事来了——有人敢卷他沈乘风的钱。

沈乘风出机场坐上新买的加长版林肯，吩咐完小弟，就顺手拿水果刀切柠檬。他特爱吃酸的东西。

封运凶神恶煞的面相，乍一看能把孩子吓哭，他积极地出着主意："老板，不如我们找人打他一顿。"

沈乘风面无表情地嚼着柠檬，拿刀照脸，没睡好，黑眼圈多了点儿。他淡淡地说："打打杀杀什么的，多晦气。"

封运犹豫地说道："那要不吓唬一下，问问钱在哪儿？"

"吓你个头。说了多少遍，先以理服人，咱们又不是黑社会，是正儿八经的保镖公司。"

"是，是，是。"

177

沈乘风把整个柠檬吃完了，酸得他浑身舒适，语气平和了不少："跟哥混了这么多年，你也快三十岁了吧，找着对象了没？"

封运很直白地说："还没呢，我才二十五岁，也不急这事。"

沈乘风皮笑肉不笑，怎么就他一个快奔三的人？

后来发生的事更倒霉。得知尧驯压根儿没有买高尔夫球杆，沈乘风气得差点儿想把那辆玛莎拉蒂连夜开走。

得了，君子不和小人计较。

沈乘风入夜回到家里就倒头大睡。他最近失恋失得心累，梦里都是前女友打了他一巴掌。

上个月沈乘风带她去买钻戒。鸽子蛋大小的钻戒，他眼睛眨都不眨地就准备送出去。

虽然他大部分时候很抠门儿，但在买车和处对象这两件事上，他一等一地舍得花钱。

女友手抖得厉害，问："你送你前女友江景别墅的时候，也是这么随便的吗？"

沈乘风老实地点头："不随便，这是应该的。之前给你的那张黑卡应该也能买栋别墅。"

女友戴上那枚钻戒后有感而发："你真是个好人。"

沈乘风语气十分抱歉地说："不是，我就是一个'渣男'，今天来这儿就是为了向你道歉。前些日子我出差看上了一位模特，对她一见钟情。这完全不是你的问题。你想要什么东西随便提，我能弥补的都会弥补。"

沈乘风言辞恳切，态度相当好。

成功晋升为前女友后，她从震惊到接受事实只花了十秒钟，然后条件反射地一巴掌扇在沈乘风的脸上，接着她连忙说"对不起"，又说："我太激动了……不，我是太意外了，乘风，你真是个好人，咱们也没什么感情基础。所以，我能再要张支票吗？"

沈乘风右脸上顶着一个大大的红印，笑容僵硬地说："当然。"

就这样，他有了个新女友，多了个前女友。

现在他有钱，就是缺人爱。

天亮后，沈乘风把那根花了几万块钱买回来的高尔夫球杆供在书桌上。

他气沉丹田，拿毛笔在宣纸上写草书，五个大字要多潦草有多潦草：钱财皆粪土。

结果五分钟之后，他就被出差认识的模特新女友甩了。

据说她去马来西亚拍照，没忍住和一个日耳曼人好上了，干净利落地和沈乘风说了"拜拜"。

流年不利，他一茬儿接一茬儿地失恋。

沈乘风气得在厨房里拿菜刀疯狂照镜子，忍不住想自己究竟是输在哪儿了？

论身材，论长相，他究竟哪里输给那个外国人？

想不明白就不想了，这是沈乘风活了这么些年活得没心没肺的心得。他不知道要干什么，只好叫上孙涛一起去尧驯家。

沈乘风寻思着自己就是太寂寞了，要不然也不会对尧驯的鹦鹉格外中意。

他右手提着鸟笼子，左手盘着两颗核桃，优哉游哉地去找老李头儿下棋。

下午风和日丽，格外适合户外运动。

"小沈，上回输的瓷碗也该拿来了。"老李头儿这一局又被沈乘风将军了，只好开始翻旧账。

"老李，咱们都这么熟了，上回你是怎么赢的，您老心里有数。"沈乘风是个标准的笑面虎，理直气壮得很。

"你和小尧一个德行，一点儿亏都不吃。"老李大手一挥，说道，"再来，再来，我就不信邪了，还赢不了你？"

周围围观的老爷子们也都个个摩拳擦掌，恨不得一起下，让沈乘风把裤衩子都给输干净。

奈何民间象棋，主要是拼实力，和沈乘风大战十几个回合后，老李头儿落寞离场。

沈乘风笑眯眯地站起身逗鹦鹉。

老李头儿义愤填膺地逼问："你怎么还没个着落？也不替自己着急着急。"

沈乘风明知故问："老李你替我急，不如介绍个对象给我？"

"我可没孙女让你祸害。"

沈乘风笑眯眯地回："真不巧。"

"我就一个孙子，还在读大学，每年寒暑假都去外面做兼职。这孩子十分勤快、懂事，还长得俊，像我年轻那时候。"老李头儿提起孙子就一脸骄傲的表情。

小区的棋局陆陆续续地散伙了，沈乘风遛完鹦鹉，准备上楼继续骚扰尧驯。

奈何就是这么巧，尧驯的家在 A 单元，老李就住在 B 单元，他们顺路。

老李走着走着脚踩空了，人跌进了草坪里。

沈乘风的鸟笼还在手里抓着呢，他一下子没反应过来，伸出另一只手想捞老李，结果没捞着。

转角处李璟深刚从健身房回来，穿着无袖黑 T 恤，手臂的胳膊上缠着几圈白绷带。他很年轻，却习惯性地蹙眉，高挺的鼻梁上贴着创可贴，眼皮微窄，眼眶比一般人更深，所以显得攻击性很强，身上有股随性不羁的劲儿，肩膀上还扛着一箱啤酒。

他眼睁睁地看着自家爷爷跌倒了，旁边站着一个拎着鸟笼、长相不像好人的老男人正做着一个好像把手推出去的动作。

沈乘风听到身后的啤酒箱砸地的声音，后脖颈凉飕飕的，接着迎面就被一个拳头打蒙了。

老李拍拍灰，自己站起来了，草坪软软的，他摔倒了压根儿不疼。他瞪大眼睛连忙阻止李璟深："你怎么突然动手打人？！小沈，你没事吧？"

李璟深收回拳头，蹙眉问道："不是他推的你？"

"当然不是呀，是我自个儿走路不小心。你这心急火燎的脾性啊，什么时候能改改呢？快，快，快，向沈叔叔道歉。"

沈乘风这辈子，不，上辈子都没被打得这么不明不白过。这小崽子还下这么重的手，自己脸上铁定挂了彩，疼得他的暴脾气上来了，他直接把两颗核桃用力地往李璟深的脑门儿上砸："你小子活腻歪了，敢打我?"

李璟深轻松躲过两颗核桃,还摆着张臭脸,去扛后头的啤酒箱,语气敷衍极了:"沈叔叔,对不起。"

"谁是你叔叔?"

沈乘风一肚子的火,真想上去和这突然冒出来的臭小子拼个你死我活。什么狗屁成年人的风度,屁的风度,除了被女朋友扇,谁动他这张脸,他跟谁急。

奈何老李和他交情不错,他硬生生地憋着气,满脸恶意地瞪着李璟深。

老李又连连道歉,沈乘风不好意思再为难他。

沈乘风眼看着李璟深从自己身边旁若无人地走过,毫无愧疚之色,甚至眼神中还透着嫌恶之意,写满了——谁叫你长得不像好人。

沈乘风压低声音咬牙切齿地说:"你给我等着。"

李璟深挑起眉,脸上的表情很酷,实打实地不服,毫不掩饰对沈乘风的嫌恶。

"随时欢迎,沈——叔——叔。"

2

在尧驯家赖了一个晚上,一觉醒来,沈乘风决定回家思考人生。他手里提着鸟笼,眼下一团瘀青,正是因为昨天平白无故地挨了那小王八蛋一拳头。

想起老李头儿的孙子,沈乘风就一肚子气。

他做人坦坦荡荡，自恃从不讲理、从不大方，既没风度，也没气量，在社会上工作多年，好的通通不学，只学会了睚眦必报、以眼还眼、以牙还牙。

君子报仇，十年不晚。

沈乘风在B单元的楼道口停了一会儿，决定早晚要报这一拳头的仇。

鹦鹉忽然扑棱起翅膀来："您走好，您走好——"

沈乘风提前叫了孙涛开车在小区门口等着，闻声嗤笑，继续走路。他顺手解开了衬衫的扣子，目不斜视，姿态相当高傲。

他不会闲着没事抬头看，这也就导致他浑然不知，B单元五楼的阳台上，"小王八蛋"正靠着栏杆目送他离开。

李璟深仰头喝了一口啤酒，姿势潇洒，无袖黑T恤被撸到了胸口，露出了很明显的腹肌，还有两道人鱼线。他看着楼下吹鼻子瞪眼的"沈叔叔"提着鸟笼凶神恶煞地离开了，越看越笃定沈乘风完全不是个好相与的人。

李璟深天生直觉很准，看沈乘风第一眼就觉得不爽，觉得此人很装、很讨厌。那一拳头打完，他并不后悔，甚至想再来一拳。

老李头儿从昨晚碎碎念到这天。

"你说怎么办？我刚在小沈面前夸完你懂事，你就给我来了这一出。

"咱们家好歹算是书香门第，一个个斯文安静，怎么就出了你这个不服管的浑球？打人能解决问题吗？我说了多少次了，遇事要沉稳。昨天下午你居然不分青红皂白地上去就打人，这是学生能干出来的事吗？要不是小沈人不错，换其余人早把你抓去公安局了，随随便便安一个打架斗殴的罪名把你拘留几天……"

李璟深继续喝啤酒，喉结滚动，说："我知道错了，爷爷。"

"你知道什么了？一句道歉有什么用？你大半年才来我这儿一次，一来就给我捅了个这么大的娄子，这让我下回见着人家小沈可怎么办？你让我的老脸往哪儿搁？"老李头儿唉声叹气，立刻决定，"你给我老实点儿，改天买点儿礼物去登门道歉。小沈也不是个不讲理的人。"

"爷爷，你为什么觉得他讲理？"李璟深转身，一脸的桀骜不驯之色，把酒瓶子横放在手里旋转，漫不经心地说，"他可不像是什么好人。"

"你才见着人家一面，哪儿来这么多的意见？"老李中气十足地说，"我跟你沈叔叔算是忘年交，三年的棋友，他和我待一块儿的时间比你多得多。他的性子是实打实的好，就是人有点儿欠揍。你爸也就逢年过节来看看我，这个小区没几个年轻人进进出出，也只有你沈叔叔和住小区里的尧叔叔跟我们这些老东西做伴。我一大把岁数了，再多说你几句，你肯定会觉得烦。

"我就说一句话，看人不能用眼睛看，偏见什么的，最要不得了。"

李璟深听到爷爷说起尧驯这个人，面色稍缓。他知道自己的老板确实是个好人。接着他皱起眉头问："我能不喊他叔叔吗？"

"一个称呼又怎么你了？"

"硌硬，而且冲着他那张脸，我不想喊。"

老李头儿被气笑了："他大你整整十一岁，你不喊叔叔，难不成喊哥？"

李璟深把空的啤酒瓶塞回箱子里，顺手将衣服撩整齐，很理直气壮地说："我就要连名带姓地叫他。"

"……"

老李有些怀疑，自己到底是从哪个街头捡到这个混账玩意儿专门来气他的？

李璟深坐在沙发那儿给老李削水果吃，水果刀玩得十分麻利，头也没抬地问："他叫什么？"

老李面露鄙夷之色："哟，还问起名字来了。"

李璟深冲老李挑眉，一副很无所谓的样子："爷爷你不说也成，我到时候去登门道歉，别怪我喊他沈浑蛋。"

老李颤巍巍地说："你……你说的是什么话？！"

他笃定再没有比自己的孙子更欠揍的人了。他之前错怪小沈了，自家孙子才是个孽障。

"吃苹果吗？"李璟深放下刀，解开胳膊上的绷带。他的肌肉练得丝毫不夸张，身形健硕修长。

"吃个屁，你给我记好了，你沈叔叔叫沈乘风，'乘风破浪'的前两个字，是个事业有成、正儿八经的生意人。"

李璟深露出玩味的笑容："哦。"

老李拿起苹果就咬："总之你去道歉的时候，态度诚恳点儿，别这么没礼貌，和不懂事的小孩儿似的。你不好好改改这脾性的话，真不晓得以后该怎么办。"

"知道了。什么时候去？"

老李想了想说:"你下周六有课?"

李璟深:"没。"

"那就下周六。"

"没空。"

"那你什么时候有空?你一天到晚在外头干什么?"

"当保安。"李璟深回答这话的时候相当自豪。

"下周六你请个假去道歉。"老李嘀嘀咕咕地说,"当保安也好,你不打架闹事就不错了。你这体格确实挺适合站着唬人。"

老李也念叨累了,准备出门去找老伙计吐苦水。

李璟深一个人待在家里,躺在地板上做卷腹运动,脑子里闪过"沈叔叔"那副装腔作势的嘴脸。

沈乘风,也就名字还不赖。

另一边,沈乘风又以光速交了个女朋友。

他去买衣服的时候,在办会员卡的空当,对一个女生又是一场惊天动地的一见钟情。

搭讪、约会、告白,一条龙服务完成。

又是晴朗明媚的一天,沈乘风刚给新女友买了十几个包,坐着宾利车预备回家吃点儿柠檬。

给伴侣花钱是天经地义的,他怎么会心疼钱?

他的大拇指上戴着蓝宝石戒指,袖口有个小型的装饰物,把暴发户的气质拿捏得很好。

沈乘风就是这样一个人,相当高调。看有钱人天天西装革履,于是他也西装、马甲、风衣没停过，外加长得确实"人模狗样"，有钱有势还大方，走到哪儿都算得上是情场杀手。

可惜那些人对他全是见财起意、见色起意。

沈乘风也没办法，就想自己看上去别那么孤单，于是走上了拥有一百多个前女友的"渣男"之路。

归根结底，真爱太难找，找着找着，沈乘风也迷茫了。

孙涛当司机时，忍不住唠嗑："沈先生，您还预备着当浪子呢？"

沈乘风自我调侃："早就'浪'不动了，只祈祷这任女朋友能靠谱点儿。"

"可刚刚您那女朋友买包的时候眼睛发光，一眼都没看你。"

"正常。"

孙涛叹气："实在不行，您要不上个相亲网看看？"

沈乘风果断拒绝："我去相亲？开什么玩笑？"

他死要面子活受罪，刚下车预备上楼洗澡睡觉，接了一个电话。

本次通话一共有三分钟的时长。

沈乘风扭头干巴巴地对孙涛说："又是来提分手的。"

孙涛算是明白了先前的一百多个前女友是怎么来的。他想竖起大拇指赞叹一下，然而不敢，沈先生发起脾气来，连尧总都拦不住。

沈乘风深呼吸："这年头儿就是这样。"

孙涛："……"

沈乘风连一丝悲伤感都没有，相当潇洒地把这个前女友的号码拉黑了。他这几年遇上的人，都没一个正常的。

他脾气火暴，外貌也带了点儿明眼人都看得出来的凶意。

沈乘风顺便抬手摸了摸自己脏辫的小尾巴,玩世不恭久了,那些人都把他当没脾气的冤大头了。他瞬间格外烦躁,眼神阴郁:"回家和你老婆造小孩儿去吧。明天我得骗尧驯陪我去趟寺庙,看看我的姻缘线是不是打上了死结——"

他咬牙切齿地说完"死结"两个字后,踢着路上的小石头愤愤不平地回家了。

他说了不结婚,只谈恋爱,怎么也没个和他认真谈恋爱的人?她们多捞点儿钱再走不好吗?怎么都生怕他会后悔似的?

沈乘风又带着一肚子气入睡,翻来覆去想不明白的事多了,也就逐渐养成了倒头就睡的好技能。

第二天一醒,他就打电话给尧驯。

很好,他唯一的兄弟根本没空管他的死活。

沈乘风再次觉得人生无望。他拿起那根高尔夫球杆,面无表情地鼓捣了半天,才想起来忘记买球了。

这天是周六,全城放假,外头很热闹。

沈乘风的房子在市中心最好的地段,可以看见江景,还是大平层,寸土寸金。

为了缓解失恋的痛苦,沈乘风决定给自己找点儿事做。他预备去外头出出差,看看能不能碰上一个美女,来场艳遇。

奈何门铃忽然响起。

沈乘风很纳闷,看了看猫眼,外面漆黑一片,很是古怪。

打开门后,他看到地板上丢着一捧不知道从哪个草垛上随手摘的打着草结的野花,以及一箱核桃奶,箱子上还写着"补脑"两个大字。

沈乘风将视线往上移,脸上的笑容也逐渐消失了。

仇人见面,分外眼红,好一个来讨打的小王八蛋,还敢来他面前晃悠。

李璟深头戴黑色的编织帽,穿着印花卫衣和牛仔裤,帅得明目张胆。他嘴角含了一根没有点燃的烟,不屑地盯着沈乘风,语气不善地问:"喂,你开门这么慢?"

沈乘风居家时穿了件衬衫。他本来就一肚子气,现在看到了这个小王八蛋,撸起袖子就准备上手。他实在是忍无可忍了,骂了一句脏话。

李璟深的视线扫视了一遍屋子,看到屋里只有一双拖鞋,没有其余人生活的迹象,他说:"我是来道歉的。"

沈乘风的手僵住了,他气极了,反而笑着问:"这是道歉的态度?"

"你爱要不要。"

李璟深扭头就走,却忽然被沈乘风用力拽住了卫衣的帽子。他面露错愕之色,一眨眼就被沈乘风拽进了屋子里。

沈乘风果断关上门,满面笑容地松开手,手背上凸起了几根青筋,手上的蓝宝石戒指异常亮堂。他此刻满脸不达目的、决不罢休的狠厉表情,沉声说道:"今天叔叔来教教你,该怎么和人道歉。"

3

不等李璟深反应过来,沈乘风直接把他重重地踹倒在地,完全不留任何情面。

"你疯了！"李璟深不甘示弱，想爬起来和沈乘风互殴。他就没见过这么小心眼儿的老男人，哪里疼，往哪里踹，心肠真黑。

"敢和我动手，这就是下场。没大没小的东西，真以为我拿你没办法是吧？"

沈乘风果断猛扑上去，拿腿压制李璟深的腰，再用手肘狠狠制住他。

李璟深的卫衣被扯出了不少褶皱。

为了揍这个小兔崽子，沈乘风还特地把戒指扔到了沙发上。为了他把戒指打坏的话，可不值得。

"道歉有什么用？我今天来教教你，什么才是用拳头说话，千万别谢我。"沈乘风居高临下地看着李璟深，脸上的凶意尽显。什么狗屁的风度翩翩，他的本质是暴躁狠厉。

他俊美的脸上涌出嘲讽的笑容："说话啊！你不是很不服气吗？现在哑了？"

李璟深从喉咙里死死挤出两个字："滚开！"

呼吸声不断加重，他相当烦躁地蹙起眉，胸膛起伏着，迫切地想痛痛快快地打一架。

他从来没有这么狼狈过，又正是血气方刚的年纪，忍不住想：他是来道歉的，凭什么要被揍？什么狗屁沈叔叔，他不服……

不是从前打过的架，也不是站岗时遇见的麻烦事，而是他被一个无论是言行举止还是气势上都比他嚣张太多的老男人死死摁在地板上。

李璟深的自尊心突然漏气，太阳穴凸起了青筋，他使劲挣扎，几乎想张嘴咬死沈乘风。

沈乘风看李璟深的表情，就知道这小子还是不服。

成，他专治不服。

"叫我滚？小王八蛋，你睁开狗眼看看，这是我家。今天我不把你揍到服气，你还以为我和你一样姓李。"沈乘风用力摁住他，抽出一只手往李璟深的脸上揍，一拳头换一拳头很公平。

李璟深单方面挨揍后还使劲挣扎。

这下两个人都讨不到好，从地上打到了沙发上。

李璟深一不小心碰倒了沈乘风茶几上的红酒，酒洒了满地，沙发上溅到了不少液体。

沈乘风瞬间松开手，眼皮直抽搐："这一瓶酒三十万！我跟你没完！！！"

李璟深神情一僵。砸了人家的东西是要赔钱的，他这点儿道德观还是有的。于是他咬牙切齿地说："我会赔给你。"

沈乘风忙着心疼红酒，怒吼："快滚，早晚收拾你——"

李璟深自觉做错了事，冲回了爷爷家。等气消了，他才知道自己一时冲动，究竟做了什么事。

他真和沈乘风打起来了，还可能连累到爷爷。

李璟深举着哑铃扔掉帽子，手背上凸出了青筋。他心里七上八下，恼羞成怒，可又对沈乘风恨得不行。

他上门道歉，硬生生挨了老男人的一顿踹，还被言语羞辱，总之千错万错都是沈乘风的错。

李璟深想明白了,咬着牙发誓一定会报复回去。

老李头儿优哉游哉地回到家,看见李璟深在,稀奇地说:"你不是周六、周日都去当保安吗?怎么还在我这儿?"

李璟深气喘吁吁地说:"还能为什么?我去道歉了,回来跟你说一声。"

"道完歉了?那就好。"

老李琢磨了一下,发现了不对劲的地方。他将孙子上上下下地打量了一圈,问:"你被小沈揍了?"

李璟深面无表情地应声:"嗯。"

老李笑开了花:"打得好,打得好。你这小子就是欠收拾。"老李觉得再放任孙子这么继续流里流气下去也不合适。

一个刺儿头必须得有人来打磨,年轻人不能过得太顺风顺水,需要偶尔被打压。心比天高不好,做人要脚踏实地。

老李当下就决定:"这样,我改天去找小沈说说,你反正上完课也没什么事,周六、周日更是闲着。你去跟着你沈叔叔学点儿本事。"

李璟深蹙眉:"我烦他,我不要。再说了,我跟着他能学到什么?我现在的老板是隔壁的尧叔叔,当保安挺好的。"

老李笑了笑,说:"人家小尧和你沈叔叔是铁打的好兄弟,不会介意这么多的。"

"关我什么事?"李璟深的臭脸拉得老长,"爷爷,你别去找他。"

"那好吧。"

老李答应得好好的,然后转身就去给沈乘风发了一条短信。

沈乘风原本在西餐厅里用餐,看了一眼手机,结果一口把嘴里的咖啡喷了出来。

幸好是在私人包间里,要不然依照沈乘风这一等一爱面子的性格,他该尴尬死了。

沈乘风擦完嘴,把手机重重搁在了桌子上,努力维持着脸上的笑容,心平气和地拿叉子叉起一片配菜的柠檬往自己嘴里塞。

好爷爷,好得很。

沈乘风果断打电话给封运。

封运:"老板,什么事?"

沈乘风:"没事不能找你?"

封运沉默了一会儿,说:"哥,风哥,我跟在你身边这么多年,忠心耿耿日月可鉴……"

沈乘风打断他的话:"我过阵子要把一个小浑蛋丢给你。随便你安排,去夜总会发牌,去酒吧端盘子都可以,你不用对他客气。"

封运疑惑:"多小?成年了吗?"

沈乘风思索片刻后挂断了电话,又给老李打了个电话,问:"老李,你孙子多大了?"

老李的手机开着免提,李璟深还没走,一听这个声音,条件反射地握紧了拳头,蹙起眉的表情相当难看。

他的额头上绑着一条黑白条纹的吸汗的运动头带,样子十分清爽。眼下,他已经没心情继续在跑步机上跑了。

李璟深面无表情地盯着老李:"爷爷,你耍我。"

老李悻悻地笑了,果断选择回答沈乘风:"璟深十九岁了。对,王字旁加个景色的景，深色的深。小沈，谢谢你，我这孙子就拜托你了。"

李璟深："……"

沈乘风很愉悦地挂断了电话后，发了一条信息给封运："搞定。"

他早晚让小流氓服气吃瘪，看那小子之后还怎么当着他的面耍威风。

后来工作日的几天，沈乘风全程心不在焉，就等着周六、周日看李璟深的好戏。

那天沈乘风和尧驯看完孙忠南的媳妇和孩子后，尧驯在一辆车上给宋怀文打电话。

而沈乘风简直要被气炸了，打电话给他的是李璟深，这人依旧嚣张跋扈，语气相当欠揍："沈叔叔，听说您吃饱了撑的，要给我安排工作？"

沈乘风压低声音说："是老李来求我，要不然你以为我会用你？"

"你就说，到底要我干什么？"李璟深说这话时无意识地用力攥紧了手，"不管你让我干什么，我都奉陪到底。"

沈乘风不懂这个小破孩儿是从哪儿来的自信。不过，他也懒得想了，论耍嘴皮子，他可不能输。

"书都没读完，口气就这么大，不知道的人还以为你多牛呢。等我安排就是了，小小年纪，你别太高看自己。等周末我有空，自然会去安排你的工作，听明白了吗？"

话音刚落，李璟深在那边就气得挂断了电话。

沈乘风爽了，心想：还治不了你这个小兔崽子？

刚和宋怀文打完电话的尧驯问:"谁啊?"

"一个欠揍的小王八蛋。"

"……"

沈乘风继续骂骂咧咧地说:"我就没见过比我还欠揍的人。"

4

"天天上完课就走,没课的话,宿舍还真留不住你了。"通宵打游戏的室友顺便打趣了一句。

李璟深一圈圈松开绑手臂的绷带,表情臭得要命:"待着无聊。"

"难不成外面不无聊?"

"起码自由,外面什么人都有。"李璟深想起沈乘风,把绷带甩在了床梯子上,蹙起眉,咬字很重,一副有深仇大恨的模样,"多的是衣冠禽兽、心胸狭隘的小人。"

室友敲键盘的声音很响,他说道:"社会上的人都难对付,咱们这些学生仔惹不起,起码躲得起。"

"走了。"

李璟深头也不回地出了宿舍。孬种才躲,他不怕。

这天天气不错,鬼晓得老王八蛋给自己安排了什么工作,李璟深越想,脚步越快。

他这天穿了条破洞牛仔裤,不大正式,脑袋上还戴着黑色的编织帽,白色卫衣上印着中指,鼻梁上有前几天打架弄出的伤,天天都要换创可贴。

他最终还是小跑起来，起码不能迟到，让人看笑话。

李璟深和在校门口停着的黑色宾利面面相觑。他沉默了一会儿，敲了敲车窗。

结果车门缓缓开了，里面的沈乘风把高调奢华、人模狗样这八个字贯彻得淋漓尽致：衬衣配着单开襟的棕色西装马甲，戴着胸针和表，皮鞋和西装裤相得益彰。

沈乘风坐在后座上，腰板挺直，气质雅痞，那张老狐狸似的俊脸上的桃花眼上扬，轻轻一睨，又露出一个嘲讽的笑容："你想挑衅谁呢？"

李璟深面无表情地回答："你。"

"……"

沈乘风本来想笑话这个小王八蛋幼稚，穿着跟个街拍模特似的。虽然还挺潮，但他就是看不惯。

被这么理直气壮地反驳，弄得沈乘风很没面子。他皱起眉，讽刺道："你是打算去走秀？"

李璟深语气平平地说："难不成像你一样，穿着西装去走红毯吗？"

沈乘风气得捏得拳头"嘎吱"响："我想怎么穿就怎么穿，哪像你，穷光蛋一个，你都赔不起那瓶红酒。"

李璟深嗤笑道："一个星期后把钱打给你，赔完钱后，咱们两清。"

沈乘风皱眉。

众目睽睽之下，沈乘风也没办法干什么。他很多年没碰上个能和自己呛声的家伙了。

沈乘风扫视李璟深全身上下，越看越没劲，觉得他仗着自己年轻就不知道天高地厚，除了胆量，怕是什么本事也没有。

李璟深毫不畏惧，就站在那儿和沈乘风对视。

沈乘风也没空老和一个小孩儿较劲。他咬咬牙，决定发发善心，放过这小子。

"行了，我不跟你计较。咱们扯平了。你以后说话客气点儿，好好读书，少把自己当回事，你回去吧。"

李璟深的脸色难看得厉害，他说："沈乘风，你自己答应了我爷爷，现在又反悔，出尔反尔，不讲信用。"

沈乘风算是被气笑了。李璟深这人不识好歹，那就别怪他了。

"你很好，都不喊叔叔了，敢直呼我的全名，好得很。"

李璟深："我就喊你的名字，你又能拿我怎么办？"

"封运，下车，带他去。"

沈乘风当即把车窗关了。要不是旁边有不少人走来走去，他早把李璟深抓进车里揍一顿了。不识好歹的臭小子，简直每分每秒都在不断地挑衅他。

封运和司机一块儿当了半天的隐形人，全程都把耳朵竖着，忽然被老板喊到，立刻条件反射地应了一句："是。"

封运下车后，宾利很快开得没影了。

李璟深盯着车尾灯看了半天，脸上的表情十分复杂，涌现出不甘、怒意，还有些埋怨之色。他自己也不知道为什么。

总之下一次，他不会再穿得跟个小孩儿一样，再被这个老东西笑话了。

封运自认看人很准，轻拍了一下李璟深的肩膀："别看了，赚钱要紧。"

李璟深收回目光："你是他的员工？"

"准确来说是他的小弟，不过我喊老板喊习惯了。"封运才是不折不扣的恶人长相。他推搡了一下李璟深，李璟深丝毫不动。

封运的语气像在评估货物："还算结实，练过？"

"练过散打、跆拳道和泰拳。"

"凑合。"封运笑道，"之后得空，我再教你几招。"

李璟深拒绝："不用。"

"小子，你现在被老板扔给我，就得学会服从。"

封运的手臂上有着如蜈蚣般盘旋的疤痕，看着很瘆人："换句话说，你想打赢谁？流氓还是瘪三？小偷儿还是色狼？"

李璟深经过深思熟虑后回答："你老板。"

他的目的从来都很明确。

封运脸上的笑容十分僵硬："有志气，你牛。"

他立刻打电话给手底下的人，过了一会儿，有辆平平无奇的大众驶来。

一路上李璟深也没开口问去哪里，还蹙起眉说："别抽烟，容易得肺癌。"

封运和小弟面面相觑："……"

"文那么一大片文身，你们是真有钱？"

李璟深的那张嘴配合着他脸上的表情，很欠揍，也莫名其妙地让人无法反驳。

封运几次三番地想动粗，但摸了摸下巴，又觉得带劲，这性格还挺有老板当年的风范。他问："你就不问问我们是干什么的吗？"

李璟深看着外面的风景，高楼林立，房价很贵。他心不在焉地答道："挣钱的呗。"

封运一时间不知道怎么反驳，只能随便找话题："你还真是初生牛犊不怕虎，敢叫我们老板的名字。"

"我不仅叫他的名字，还打了他。"

封运和小弟："……"

封运就喜欢这种暴脾气的小年轻："敢情老板上次脸上的瘀青是你打的，老板说是打高尔夫打的呢。行啊你，小子，等会儿让你见见世面。"

三十分钟后，车开到了郊区。文南市最大的保镖公司坐落在这里，相当气派。门口的保安来来回回地巡逻，护栏上全是电网，周围遍布监控摄像头。

这一大片地，比李璟深就读的大学还大，进进出出的全是穿黑西装的人。

"不要以为世道已经很和平，有钱人离不开保镖。从我们这儿出去的保镖在业内是一等一的，很吃香，能打、专业、杀伐果断。最重要的是，我们老板就是块儿活招牌。"

"这里有户外的训练场，是总部，外省还有十几个子公司。"封运侃侃而谈，神色相当骄傲。

他也偷偷摸摸地观察着李璟深的表情，奈何这个臭小子从来不按常理出牌。

李璟深面无表情地来了一句："合法就好。"

封运算是明白了为什么李璟深能把老板气得暴跳如雷。小弟也看傻眼了，觉得李璟深真是个人物。

李璟深远远没有他们想的那么平静。他才十九岁，见识再多，也多不到哪里去。

可眼前是他从未见过的地方，看着还挺厉害。

或许，是那个老男人挺厉害。

李璟深胸膛起伏，深呼吸了好几下，再次觉得自己身上的破洞牛仔裤和印刷着滑稽字体的卫衣特别不合时宜。他想再成熟点儿，成熟到能打倒那个人。

最关键的是，李璟深想让沈乘风认输。他凭什么拿自己当小孩儿？凭什么用那种轻蔑的眼神看着自己？凭什么？

上次被他压制，激出了李璟深最大的胜负欲和征服欲。

某种意义上来说，李璟深从小到大都过得一帆风顺，想得到的东西就一定会得到，不达目的决不罢休，是和沈乘风一样的货色。

现在他心中这种想赢的欲望更加浓烈，浓烈到好像心里点起了一团火焰。

李璟深仰视着沈乘风创立的公司，轻飘飘地问了一句："我接下来要干什么？"

封运笑了笑："见完世面了吧？你要去的地方可比这儿好玩多了。"

疑问还没得到解答，李璟深再次被塞上了车。这回封运也不在了，就剩下个开车的小弟，小弟打着耳钉，染着奶奶灰的发色。

车上的音响放着一首经典的老歌——《杀猪刀》。

李璟深皱眉,直接指出:"你的品位有问题。"

小弟开车的手僵住,他直接破防了:"你是大学生就了不起,就可以攻击人了?"

李璟深又不尴不尬地来了一句:"抱歉,无意冒犯。"

小弟不理他了,立刻加速,车子很快到达了目的地。

白天的酒吧很冷清。小弟开锁后推门进入,里面别有洞天,装潢得相当有特色,各色刀枪剑戟的图案印满墙壁,灯光还没亮起,入眼全是五颜六色的地板和墙壁。店里有很多座位,上面也有专供歌手演唱的台子。

地方宽敞得离谱,最关键的是,几面墙上全是各色各样的酒瓶。墙上藏着暗灯,看着还挺壮观。

坐着的几个人都穿着服务员的衣服。他们对新人漠不关心,现在是歇息时间,谁也别来打搅他们。

奈何小弟开始介绍:"那是领班,那是主管,那是调酒的。"

李璟深转身就想走,当服务员还没当保安有前途。他刚抬脚,原本坐着的人都齐刷刷地站起身。

为首的主管扔出几枚飞镖,是真往李璟深的脑门儿上扎。

李璟深躲过后,飞镖直直地插在后面的墙壁上。

主管打了个哈欠,懒洋洋地说:"老板的命令。你想跑,门儿都没有。"

其余几个人也齐齐堵在了门口。

李璟深看着他们几个人,一时间还真没什么办法。

就这样,他被困在这家装修离谱、员工更离谱的酒吧里,面无表情地围上围裙，开始蹲在厨房里洗杯子。

"老板说不给你开工资。晚上客人来了，杯子就更多了。"调酒师很淡定地转述着沈乘风的话，"你也别想着动手，三个臭皮匠赛过诸葛亮，你是诸葛亮吗？你不是，你就是一个欠揍的小王八蛋。"

调酒师还点开沈乘风的语音，让蹲在地上洗杯子的李璟深听。

沈乘风语气戏谑，漫不经心地说："喊叔叔，喊一句，就少洗一个杯子。"

李璟深气得差点儿用力过猛，把高脚酒杯给弄碎。他努力调整好呼吸，不急，他迟早要让沈乘风后悔。

调酒师完成任务后就走了。

入夜，果不其然，杯子和各种餐盘快堆积成小山了。

李璟深的腰都快直不起来了，手也被泡麻了。可他还是一声不吭地专注地洗着，神色坚定，很犟，也很会忍。

他从早洗到晚，就算是干净的杯子，主管也拿来让他洗。这么久过去，他居然还能坚持住。

调酒师来后厨看热闹，顺便拍了一张照片发给老板。

另一边在私人庄园里泡温泉的沈乘风点开图片，硬生生看乐了。

李璟深现在的模样何止是凄惨，简直凄惨得让人觉得可怜。

原本他戴的编织帽一早就被换成了透明的头罩，还围着大红色的围裙，卫衣被撸起，原本很酷、很潮流的臭小子坐在矮板凳上弯腰洗着杯子，手都被泡肿胀了，腿上穿着破洞牛仔裤，因坐姿可以看见露出的膝盖都泛红了。

李璟深鼻梁那儿贴着一片创可贴，洗杯子洗得一脸麻木，看着让人觉得还有点儿萌。

沈乘风津津有味地看了一会儿，随意地发了一条语音过去："你告诉他，认错了，就早点儿说。他不想干了，就早点儿滚蛋。"

李璟深浸泡在水里的手有些发颤，他站起身后拿过调酒师的手机，也发了一条语音过去："叔叔，我明天再来，会有工资吗？"

沈乘风听完这话后相当疑惑：这是李璟深？这个浑小子洗了一天杯子，总算有觉悟了？知道屈服了？

他直接打了个视频电话过去，想弄清楚这是怎么一回事。

就这样，李璟深看到了和之前完全不同的沈乘风。

沈乘风在泡温泉。热气氤氲中，他的脏辫总算散开了，不长不短的头发濡湿后侧放在脖颈处，刚好抵到了锁骨。

沈乘风的眉毛湿漉漉的，有双标准的桃花眼，俊美且自知，他总是一副高高在上的姿态，像个笑面虎似的。

他经常对李璟深横眉冷对，嘴唇上扬时露出充满恶意的笑容。

沈乘风隔着屏幕看李璟深这小子，觉得顺眼了一些。虽然还是很讨厌，不过看着他被自己折腾成这样，沈乘风感觉真的挺爽的。

沈乘风难得和颜悦色地靠在温泉壁上懒散地问话："再冷着张脸，你今天就给我洗到天亮。"

李璟深"哦"了一声，然后扯出一个虚伪到骨子里的笑容，五官都狰狞了。

沈乘风被丑到了，迅速挂断了视频电话。

李璟深果然还是那个惹人厌的兔崽子。

5

"受台风影响,下周我市即将迎来暴雨天气,同时可能伴有雷暴大风、短时强降水等强对流天气,望广大市民……"

沈乘风用遥控器关了电视。没劲,真没劲哪,日子过得越来越闲,他连个乐子都找不到。

果然只有买车才能让他快乐。

他刚想给封运打电话去订车,结果说曹操曹操到。

封运敲了敲办公室的门,然后进来,颇有看热闹不嫌事大的嫌疑:"老板,姓李的那小子想见您。"

沈乘风条件反射地眉毛一抖,听见这名字就有些发怵。

封运看老板的脸色不太好看,试探地问:"您见吗?"

沈乘风沉默了一会儿,站起身果断地拿起遥控器,决定再看一遍家庭伦理剧。

他坐在沙发上,皮鞋的底部没沾上半点儿灰,穿着剪裁良好的衬衣,配着褐色的马甲,脏辫拆了,在脑后扎成了一个小辫。

"你说呢?"

封运琢磨了一下这句反问:"懂了。"

他转身就走。

沈乘风也纳闷:"你懂什么了?"

"把人揍一顿,然后扔出去。"

沈乘风差点儿没拿稳手里的遥控器,问:"他还真找上门来了?"

"就在楼下。莉莉还使劲给他倒水、送点心。"封运疯狂诉苦,因为莉莉是他暗恋的女生。

沈乘风再次把电视机关了,整理了一下衬衫的褶皱。他收敛了一下脸上的表情,不苟言笑地嘱咐封运:"等会儿我要是想当众打他,你记得拦着我点儿。"

"好嘞,老板。"

电梯里,沈乘风对着反光的地方照了一会儿脸。他的胡子已经被刮得一干二净,虽然因为睡眠不足,眼下多了些黑眼圈,但总体还是可以压过那个小王八蛋一头。

说他招摇的也不只有李璟深一个人。

沈乘风发家致富这些年,多的是人暗骂他招摇、眼高于顶、没文化、没内涵、还相当爱显摆。

沈乘风挺喜欢别人这样讲自己的。他是实打实地从穷乡僻壤的县城里出来的人,所以也从来不掩饰自己喜欢装腔作势的性格。

他是凭本事挣的钱,凭娘胎造的脸,现在不显摆,难不成等死了后什么都没了再显摆吗?

电梯门一开,一楼的装修十分气派,人员都井井有条、西装革履。

沈乘风面色稍缓,视线心不甘情不愿地停留在坐在接客沙发上的小王八蛋身上。

稀奇,稀奇,李璟深这天居然没穿卫衣、牛仔裤,看起来比上一回顺眼了一点点。

李璟深压住内心的忐忑情绪。他上周洗了两天两夜的杯子,比起站岗,辛苦了不是一点儿半点儿。回到学校他就累瘫了,可也没忘记去买身新衣服。

他没满二十岁,没有阅历和气势,确实不适合穿职业西装,穿出来也惹人笑话。

李璟深就退而求其次,挑了件烟灰色的T恤,外头配了一件有双杠图案的黑外套,看着多了些沉稳气息,少了些年轻气盛的张狂感。

他鼻梁上的创可贴也被取下来了,露出了浅红色的一道细长的疤。他神色郑重地坐在那儿,背脊挺直了,佯装平静地和沈乘风对视。

前台的莉莉看到老板下来了,轻轻地放下杯柠檬水,然后穿着高跟鞋迅速走回了工位。

看小帅哥可没有工作重要。

沈乘风一本正经地坐在李璟深对面的沙发上,背靠沙发,支着头,脸上满是倨傲的表情。他不耐烦地说:"有屁快放,我只能听你说三分钟。"

李璟深抠沙发的手指微滞。他对沈乘风这张嘴简直恨得要命,也不紧张了,挑衅了一句:"耽搁你去找女朋友了?"

沈乘风半眯着眼:"找谁打听的?你打听这些多没意思?小王八蛋,你还知道什么?"

李璟深完全没尿,使劲在沈乘风的雷区蹦跶,言语一句比一句尖锐:"你别管我怎么知道的?你那点儿破事尽人皆知,是因为缺爱还是怎么的,你自己心里有数。"

沈乘风差点儿想把茶几上摆着的烟灰缸往李璟深的脑门儿上砸。可周围全是人,他是真没脸当众发飙。

沈乘风越想越气,胸膛不断起伏,眼底酝酿着风暴,脸上的笑意却丝毫未减:"年纪轻轻就敢说这样的话,也不担心闪着自己的舌头。大人的事,小孩儿还是把嘴闭紧点儿比较好。要不然,我也不知道你爷爷的面子能用几回。"

李璟深站起身,居高临下地睥睨着坐着的沈乘风,说:"我这次来找你,是想进这里当保镖。"

沈乘风不甘示弱地站起身,态度极度轻蔑:"连杯子都洗不明白,你觉得你够格吗?"

两个人四目相对,各怀鬼胎,谁也不肯饶过谁,针锋相对,一时间剑拔弩张。

封运站在沈乘风身后思考,等会儿他们要是打起来了,自己到底要先拦住哪个。老板最要面子,姓李的小子也格外猛,打起来的话,两个人估计都得吃点儿皮肉苦。

然而他没想到,沈乘风再次看在老李头儿的面子上忍下来了:"你从哪里来,回哪里去,别在这儿碍我的眼。"

李璟深追问:"你究竟要怎样才肯同意?"

沈乘风冷笑了一声:"你跪下喊声爹。"

"你——"

沈乘风坐回了沙发上,十分嚣张地说:"你跪下来喊我一声爹,别说来当保镖,来我家做保姆我都答应你。"

李璟深被气得够呛,但也忍了下来。一报还一报,他戗了一句沈乘风,就要做好被沈乘风戗死的准备。

他理直气壮地说:"那我要是不赔你酒,你是不是也拿我没办法?"

沈乘风表情复杂，觉得李璟深真不要脸，太不要脸了！他气急败坏地拿起茶几上的烟灰缸准备为民除害。他要教训一下这个杀千刀的小流氓！！！

封运这次眼尖，赶紧拦住了沈乘风："老板，老板，冷静！冷静！"

李璟深拍拍屁股准备走人，侧着头，脸上的笑容富含深意："总有一天，你会心甘情愿地让我进这里当保镖。"

李璟深话音刚落，沈乘风就推开了封运，直接拿烟灰缸往李璟深的脑门儿上砸："我让你下辈子再来找我！"

李璟深躲闪开后，相当大摇大摆地走出了门，烟灰缸在地上打滚的声音异常刺耳。

沈乘风眼神凌厉，气得想立刻冲出去把李璟深揍死，厉声说道："一个个跟木头似的站在这儿有什么用？！去，找人把他给我叫回来！"

封运擦擦身上冒出的冷汗，说："老板，您先消消气，跑得了和尚，跑不了庙，过会儿去他的学校……"

沈乘风听见"学校"这两个字心情就无端复杂。

他和尧驯一样，只读完了初中，过去了这么多年，依旧对学府有些敬畏之心。

现在也不再是从前那个混乱贫穷的年代，能有机会读书、考上大学的人是多幸运。

沈乘风再次想起老李头儿——这个教了一辈子书的文化人——匆匆留下一句话就起身走了："别让我再看见他，也不准去他的学校。"

沈乘风回家时,发现门口还堆着那天留下的一箱核桃奶和已经彻底枯萎了的野花。他忘记清理掉这堆垃圾,顿时嫌恶得眼皮子直抽搐。

小兔崽子,送个礼还这么抠抠搜搜的?

沈乘风把野花扔进了垃圾桶,然后犹豫要不要把核桃奶扔掉。

浪费不可取,扔了的话,还不如拿去送礼,自己更不爱喝核桃奶,他一向只喝花生奶。

于是,沈乘风决定把那箱核桃奶送给尧驯。

尧驯还挺高兴:"谢了,过几天我就要回老家了,刚好路上喝。"

沈乘风决定趁着台风来前去寺庙里拜一拜,去去晦气,顺便求求姻缘。

外头的夜色逐渐深了,沈乘风躺在沙发上刷手机。找对象太难了,有钱人的女儿看不上他这种暴发户,他又要面子,只能全靠自己。

他有无数任前女友,可是这么些年来,和哪一任的恋情都没有超过三个月。

他把手机锁屏后,死死盯着天花板,一个月和两任女朋友分手了,真是流年不利。

沈乘风坐起身吃茶几上的柠檬,酸得他浑身的毛孔都张开了。

沈乘风不想承认自己确实缺爱,可现在不得不承认这一点。父母、朋友、兄弟、下属,很多话他都不能和他们说,很多事都在压迫着他的神经。

从前的日子过得难,现在什么东西都有了,他又活得好像没有以前高兴。

他刚想到这处，门铃就响了。

沈乘风不耐烦地咬住最后一片柠檬，一脸怨气地去开门："谁啊？"

李璟深的肩膀上扛了一箱啤酒，脸上难得露出些示弱的表情："我来给你道歉，白天不该在那么多人的面前那么说你。"

沈乘风："……"

封运到底是怎么做事的，又让李璟深这个小王八蛋找上门来了？！

李璟深舔了一下干涩的嘴唇，把肩膀上的那箱啤酒放在门口，低头露出被晒得有些黑的后脖颈，说："你别生气，我不进去，我也会把酒钱赔给你的。"

沈乘风半合起眼睛，嘴唇张开又闭紧。

这还能说什么？他一向吃软不吃硬。他这天本来心情很差，但现在好像莫名其妙地好了那么一丝丝。

"我走了，沈叔叔，下次再见。"李璟深一步三回头，还是强压下好奇心走了。

沈乘风倚着门框表情复杂，比在公司时衣冠楚楚的模样多了很多人气，看着没那么虚伪了，眉眼里的阴郁、疲倦之色也不是作假的。

沈乘风盯着李璟深的背影陷入沉思之中，怀疑这箱啤酒有毒。

难道这小子真是来认错的？

沈乘风把门关上了。

深夜一点，沈乘风骂骂咧咧地从床上爬起来，将门口的那箱啤酒抬进了屋子里。

世上怎么有比李璟深还抠门儿的家伙？一次送核桃奶，一次送啤酒，老李家穷成这样了？

6

沈乘风在接下来的一个星期里,每天回家时都能看见蹲在门口,并且衣服都不重样的李璟深,这人是专门来显摆自己的年轻帅气的?

"你就直接告诉我,这一天天的,到底图什么?"

星期五晚上,沈乘风进门前习惯地踹了李璟深一脚。这小王八蛋看着就欠揍。

李璟深被踹了也没动怒。他已经习惯了沈乘风的冷言冷语和偶尔的暴力行为,反正被打一下又掉不了一块肉,只说:"我爷爷说,你不原谅我,我每天都要来这儿冲你鞠躬。"

沈乘风推门的手僵住了,他表情复杂,嫌弃似的又踹了李璟深一脚:"我也没见你鞠躬啊。"

"我对着门鞠,也算是对着你鞠了。"

李璟深蹲在那儿,身上的新衣服是件灰色的高领毛衣,衬得他更加锋芒毕露。

他看沈乘风的眼神充斥着忌惮之意,还藏着股不服气的感觉。他自认心眼儿耍不过沈乘风,但在不要脸这一点上,他一定能赢。

沈乘风越来越捉摸不准这小王八蛋究竟要干什么了。

之前的几天,沈乘风回家时本来就有一肚子气,仇人见面分外眼红,干脆直接拿李璟深撒气,揍了他一顿,但是没打脸。

两个人互殴的动静弄得邻居叫了保安。

李璟深当时还在冲着沈乘风挥拳头,恨不得咬死沈乘风。

这些天过去了,沈乘风打也打了,骂也骂了,就是赶不走李璟深。

他也不能不回家,冰箱里的柠檬放久了就不酸了,现在超市里四个柠檬就要十块钱,他不吃可就浪费了。

除了对食物抠门儿外,家里还有只鹦鹉要喂,导致沈乘风现在天天回家。

本以为又是一个风平浪静的夜晚,沈乘风刚想关上门,忽然李璟深伸出了一只手。

李璟深正儿八经地给沈乘风鞠了一躬。

爷爷说过,沈乘风这类人吃软不吃硬,最好不要忤逆他,要顺着他的想法来。

沈乘风愣了三秒钟,没忍住问:"你是被什么玩意儿附体了吗?"

李璟深鞠完躬就打算走,抬起头还是臭着脸,表情欠揍极了:"不关你的事。"

沈乘风气得想追出去,把李璟深往死里揍:"小王八蛋,你给我站住,我那瓶红酒值多少钱?就算你给我磕一千个头,也别想抵赖!"

李璟深扭头,挑衅似的对沈乘风露出一个志在必得的笑容:"你让我进你的公司当保镖,我就赔你。"

在沈乘风破口大骂之前,李璟深轻飘飘地转身走了。他还得骑山地车赶回学校。

每晚这么折腾,天天跑来恶心沈乘风,反倒成了李璟深觉得很过瘾的一件事。

沈乘风匆匆洗完澡后就去教鹦鹉骂人:"来,跟着爸爸喊。"

"李璟深,小流氓,小浑蛋,小王八蛋,不要脸——"

鹦鹉厌倦地抖了抖翅膀:"孤寡,孤寡,孤寡——"

沈乘风纠正:"不是这句,咱们学新的,跟我念,李璟深。"

鹦鹉:"李神经,李神经——"

沈乘风两眼放光:"骂得好,骂得好。"

沈乘风睡前一口气把买来的柠檬全吃了,房间里喷的空气清新剂也是柠檬味的。

他这么爱柠檬的原因很简单:他的父母在家务农种树,可惜天灾一场,家里赔得穷困潦倒,饭都吃不上了,只有一堆柠檬用来果腹。家里没钱供他上学,加上他也读不明白书,初中毕业他就来文南找工作了。

他没尧驯那么勤勤恳恳,年轻的时候,也妄想过一步登天。在社会上摸爬滚打了十几年,才走到现在,得了钱和名利后,他依旧改不了吃这玩意儿的习惯。

都说人生百味,一一尝过才知道酸甜苦辣,沈乘风寻思着自己已经尝够了。

翌日一大早,沈乘风伸了个懒腰,觉得再这样坐以待毙下去可不行。他把鹦鹉带走,换个房子住不就得了?

车子和房子他有的是,他没必要天天和愣头青计较,影响他的睡眠质量。

外头阴云密布,手机里有不少下属发来场子歇业的消息。台风天没有客源，场子自然没有开门的必要。

沈乘风站在落地窗前喝红酒。台风来了，来得好，干脆淋死那个不知天高地厚的小王八蛋。

想到这儿，他露出了一个笑容，心情好得不能再好。

被挂在旁边的鹦鹉正巧来了一句："你孤寡，你孤寡——"

沈乘风捏着高脚酒杯的手青筋凸起："你放屁……"

深夜，铺天盖地的瓢泼大雨伴随电闪雷鸣，这种天气相当适合在家里睡觉。

沈乘风相当没心没肺地睡了一天，爬起来后头发有些凌乱，面容疲倦。他最近忙工作时经常忘记吃饭，所以脸色不大好。

封运在外头练拳，看见老板脸色阴沉地走出卧室，连忙收住了拳头，说："老板，这儿有我之前熬的鲍鱼粥，配上酱菜，特爽口。"

"嗯。"

沈乘风这次的起床气格外严重，煞气十足。他面无表情地喝完粥后，就坐在沙发那儿发愣。

封运和鸟笼里的鹦鹉面面相觑："……"

为什么心情不好？沈乘风也说不上来。他几次三番地盯着手机看，但又觉得自己的这个行为十分莫名其妙。总而言之，他看什么都不顺眼。

是由于良心发现，还是在期待那个落汤鸡到来，他都无法解释，一半一半吧。

沈乘风疲惫地揉了揉太阳穴，神色复杂。揉了一会儿后，他就把手机关机了。

台风天这么危险的天气，正常人应该都不会出门了，可李璟深那兔崽子是个正常人？

沈乘风觉得不好说，李璟深十有八九就是个小浑蛋。

外头的阴风刮得树木乱颤，沈乘风点了一根雪茄，一不小心用打火机烧到了自己的手指。

没有一件事是顺心的。他蹙起眉深吸了一口烟，脸庞藏匿在烟雾里，心不甘情不愿地问了一句："你和他私底下有联系？"

封运机灵得很，猛地摇头："没有，没有。那小子天天臭着一张脸，看得我想抽他两下。再说他一个学生，和咱们也不是一个世界的人。"

沈乘风将雪茄戳在烟灰缸里，阴沉地笑了笑："说实话。"

"一三五他会来找我，"封运闭着眼睛，差点儿想跪下求饶，如实交代了，"他喊我师父，还给我塞了九百九十九元的拜师费。我看他是个好苗子，就没忍住教了他几招，其余真没了。"

沈乘风发脾气的点让人意想不到，他竟然说："才给你三位数的拜师费，你就教他，你当自己是慈善家？他老李家要真的穷成那样，他天天穿着名牌的衣服、鞋子来我眼皮底下晃悠个什么劲儿？你动动你的脑子，就应该多要点儿钱。吃里爬外都没点儿脑子，我从前教你的东西，你全拿去喂狗了！"

封运低着头老老实实地认错。

沈乘风一口气骂完人，随便找个理由把手机开机了，果不其然，手机上显示有十几个未接来电的短信提醒。

他压根儿没存李璟深的电话号码，看着这一排数字，他的心情来了个一百八十度大转弯。正巧李璟深又拨过来一个电话。

沈乘风就勉勉强强地接了，省得老李头儿找自己算账，责怪自己没照顾好他的孙子。

沈乘风找好理由后，就把手机放在耳朵边，清了清嗓子，准备开始怼人。

奈何李璟深那边也沉默着不说话。

沈乘风试探地问："小王八蛋，你还活着吗？"

城市的另一边，被淋成落汤鸡的李璟深在来沈乘风家的路上被横断开的树木砸中了腿。他瞬间没有了知觉，环顾四周，没有车辆，没有人群，只剩下"哗啦啦"砸落的大雨。

风雨跋涉之后，他全身如同被利刃剐过一遍，疼痛刺骨。

摁完电梯后，李璟深倒吸了一口凉气，发尾全是水，泥沙灌透了裤子，鼻尖泛红。

李璟深一瘸一拐地想像从前那样在沈乘风家门口蹲着，可惜这次蹲不下去，只好一屁股坐下，一只腿拱起，一只腿平放着，背靠安全门微微仰起头。

他闭上眼努力呼吸，想忘记腿部的酸痛以及脑袋的酸胀感。

然而这一等就是漫长的几个钟头，李璟深又冷又疼，意识不大清晰，似乎发了烧，嘴巴上全是死皮。他半睡在门口，把自己蜷缩起来，像只丧家之犬。

他只能无助地拨打沈乘风的电话，可等到的永远是对方已关机的消息。

李璟深连骂沈乘风的力气都没有了,只知道继续麻木地拨打电话。他不信沈乘风真的会这么狠。

幸好沈乘风最后接听了他的电话。

沈乘风的声音一出来,李璟深难得示弱,声音嘶哑,有些落寞和委屈地问:"叔叔,你去哪里了?为什么没有回家?"

沈乘风被这两个问题问蒙了,但凡李璟深没用这种语气,换作平常,他就能回一句"我去哪儿还要向你汇报吗?你管我回不回家?……"

他忍不住发怒:"台风天,你还来鞠躬,我看你是发疯——"

李璟深可能是真烧糊涂了,咬字不清晰地说:"爷爷说了,不鞠就打断我的腿。"

"你是真不要命。"沈乘风的心口不知道烧的是哪出无名火,脾气直接像炮仗似的一点就着了,他吸了一口气,说,"听着,那瓶酒钱就算了,我也会去和你爷爷商量,你年纪轻轻脾气不好,多的是人能收拾你。我今天就放过你,以后自己把脑子放聪明点儿,就这样——"

沈乘风一口气说完这些话后,没等李璟深回话就挂断了电话。他烦躁得想骂人,深呼吸好几下,心情也无法平静。

他摩挲了一下手机,还是冒昧地打了邻居的电话:"抱歉,这么大半夜打搅你,是这样,我侄子现在在我家门口,我赶巧不在家,想拜托你照顾他一晚。"

邻居是个热心肠的富商,和沈乘风有过不少交集,算是个可以信任的人。

邻居答应了，过了一会儿，语气有些戏谑地说："老沈，这哪里是侄子，不就是之前和你打架的那小孩儿吗？现在他还在干号呢。"

沈乘风干笑了半天，勉强挤出一句话："嗯，再号你就把他的嘴堵住。"

邻居乐呵呵地说："放心，我用温度计测了温度，三十八摄氏度，烧不死，就是腿有点儿事。现在大半夜的，还在刮台风，我的私人医生过不来。你明天赶紧回来，领人去医院看看。"

"好，谢了，有机会请你吃饭。"

"客气什么？你和尧总都是实诚人，从前帮过我不少忙，这点儿小忙，不算什么。"

挂断电话后，沈乘风坐立不安，幽幽地盯着手机上李璟深发来的短信看："沈乘风，我不是小孩儿。我会比你更有能耐，会让你刮目相看。"

沈乘风暂时松了一口气，然后一抬头就对上封运投来的眼神，再次恼羞成怒："盯着我干什么？我是他叔——"

封运："是，是，是。"

7

尧驯："一个打火机就要三万块钱，你是不是被抢劫了？"

沈乘风刚发了朋友圈就被朋友问候了。他毫不客气地回复尧驯："从来都是我抢劫别人，再说这是纯金的，还镶了钻，还是限量版，没有人能拒绝限量版。"

尧驯发了一个问号。

沈乘风:"话说,你怎么这么快就从老家回来了?"

尧驯:"赶着回来帮忙。"

沈乘风:"去宋老板那儿帮忙?"

尧驯:"废话。"

沈乘风:"对了,我最近去庙里烧香,替你烧的,还求了根签,都是下下签,暗示你红鸾星全灭。"

沈乘风看见屏幕上红色的感叹号,心想:玩不起的狗尧驯,把他给拉黑了,但没关系,他的心情现在好得不能再好。

他想起封运去了这么久,怎么没消息了?

沈乘风把打火机塞回口袋里,顺手拨打了一个电话。

封运接听电话很及时:"老板,我刚送他到了医院,人还昏昏沉沉地睡着呢。"

"成,记得带他去拍片子,全身都查一遍。"沈乘风的语气十分强硬,"他要是瘫了,我唯你是问。"

封运应得飞快,沈乘风也放下心来。

他没读过书,对文化人多少有点儿尊敬。他也没尧驯那股子圆滑、讨喜的劲头,小区里大半的老爷子、老婆婆喜欢拉着尧驯说话,只有老李,独独喜欢沈乘风。

两年前沈乘风为了养病搬进了尧驯家的客房,那时他天天和老李头儿下棋,足足用了三个月,听老李头儿从《三国志》讲到了《水浒传》,两个人成了一对忘年交。

"小沈,棋局上见真章。有道是人不犯我,我不犯人,随后见招拆招。将军不下马,炮兵卒先行,做人做事都是如此。"

沈乘风坐在树荫下,阳光照在他身上,身子一半处于光亮中,一半处于阴影里。他仿佛听懂了一点点,这也足够了。

从十七岁到二十七岁,整整十年,他拼的是心高气傲。

他低十年头,可以;低一辈子的头,不可能。

沈乘风要自己功成名就,要自己的兄弟和下属走到有钱人面前,依旧昂首挺胸。

世道的风水轮流转,人心浮动容易变。

沈乘风觉得自己变了,但实在不敢承认。

那么多钱,那么多名利,只要再贪心一点儿,他就可以拥有更多的东西。可就算他拥有了更多的东西,又有什么意思?

这个问题无解,这些年也幸好有尧驯和老李,能及时拉他一把。

悬崖勒马是真难,沈乘风勒住了无数次。他吃柠檬的破习惯改不了,他更知道自己不爱抽雪茄,其实十几块一包的万宝路挺好抽的,还有些甜。

想来想去,都是一团乱麻,他还是没忍住给老李打了一通电话。

电话一被接通,老李那边的声音很大:"小沈,什么事?"

"没什么大事,特地来问候问候您。台风天没出门吧?"

"小尧也打电话来问过,放心,台风天,大伙都没出门,就在大堂弄了场联谊会,你方婶和几个婶婶在上面唱黄梅戏呢——"

沈乘风笑了笑:"还是你的日子过得舒坦。"

"日子嘛,大家都过得一样。上回小尧和你送的那些灵芝和人参,都用来当奖品了,你们不介意吧?"

"借花献佛,婶婶们高兴就是。"

老李乐呵呵地说:"成。对了,璟深那孩子最近在你那儿表现得怎么样?他没惹你生气吧?"

沈乘风心虚得很:"他,嗯……听话、懂事、勤快、健康、能打。"

老李狐疑:"他有这么安分?你别忽悠我。"

"总而言之,老李,"沈乘风咬咬牙直接说,"这小子脑子可能出毛病了,特冥顽不灵。"

老李反笑出声:"这是必须的,我年轻的时候就是头犟驴。"

"……"

"不犟的话,我怎么能追到他的奶奶呢?"

"……"

沈乘风差点儿没拿稳手机。很好,这倔强的性格,真是代代相传。

另一边的市中心医院里,封运拿刀给苹果雕出了朵玫瑰花的造型。他看向病床上右腿打了石膏的李璟深,目光有些怜悯,说:"很失望?"

李璟深脸色苍白,瞳孔幽深,面无表情的模样有些瘆人,声音沙哑:"我的腿受伤了,他就没过来看我一眼?"

"老板从来不会为不重要的人浪费时间。"封运把剩余的苹果皮扔进垃圾桶,实话实说,"你在他这里暂时和这桶垃圾一个地位。"

李璟深从前顺风顺水惯了,从来没有输过,强大的胜负欲让他迫切想得到沈乘风的认可。

"封哥,他拉黑了我,把你的手机借我。"

封运犹豫了三秒钟,还是把手机给了他。

221

"喂？"沈乘风接起电话，没听到声音，蹙起眉问，"封运，你不出声是几个意思？他有事没事？赶紧说。"

他的语气有些冲，听着很凶。

李璟深不急不慢地回答："叔叔，我的腿断了。"

沈乘风那边跟哑了似的，犹豫过后狐疑地问："我怎么听着你很开心？"

"我不开心，我很疼。"

"疼也是你自找的，小王八蛋，腿断成什么样了？还能走路吗？"

李璟深说了实话："医生给我打了石膏，之后几个月可能要坐轮椅。"

沈乘风"嗯"了一声："医药费我来出，就让封运照顾你的日常起居，直到你的石膏可以卸下为止。"

"我不想。"

封运在旁边听得一愣一愣的。

沈乘风直接怒了："我管你想不想？听我的安排就对了，别跟我讨价还价，要不然你就等着两条腿一起断吧。"

话是这么说，沈乘风还是在手机里搜了一大堆"骨折怎么办"的内容。

伤筋动骨一百天，照理缺什么就补什么，沈乘风随便找了一家五星级酒店，先订了一个月不重样的骨头汤。

沈乘风觉得自己仁至义尽了，甚至开始怀疑自己是不是天生瞎操心的命。他开始对鹦鹉自言自语："我不去看他，是不是有点儿狼心狗肺？"

鹦鹉扑棱了一下翅膀："是，是，是——"

"你别吭声，我没问你。"

"是，是，是——"

"把嘴闭上吧，我烦着呢。"沈乘风蹙着眉，一脸烦躁的表情。

鹦鹉圆溜溜的眼珠子开始乱转，声音嘹亮："你孤寡，你孤寡——"

沈乘风算是明白尧驯之前为什么想一刀把鹦鹉给劈死了。

"你还是跟回你的尧爹吧。"他打了个电话给孙涛，让孙涛来拿鹦鹉。

沈乘风解决完这些小事，立刻去网上搜索了一下"如何让骨折迅速愈合"。

接下来的一个星期，沈乘风和董域那个疯子合作，像个陀螺似的忙得停不下来，没有时间再想起李璟深。

实际上他偷偷摸摸地在大半夜去问过封运，小王八蛋怎么样了？喝汤了吗？还活着吗？

封运那边很无奈地回复："老板，你要不然干脆直接问他？一天天地问我，我也形容不来啊。"

沈乘风有些语塞。

台风天来得快，走得也快。

夜深人静，沈乘风处理完一堆破事后，神色有些疲惫地回了原来的家。他照照镜子，刮了刮胡子，换了身新衣服，准备出门。

小王八蛋明天出院，他得趁着夜黑风高去看一眼，省得良心不安。

沈乘风换了身高领毛衣，将头发扎成小撮绑在脑后，洗脸的时候弄湿了脸,水珠滴在下巴上。他强打起精神去了医院,路程并不算很远。

病房里没有开灯,窗帘被拉上了一半,外面路灯很亮,月光洒进来,形成很静谧的一幕:李璟深躺在病床上似乎睡着了,闭着眼,丝毫不减他本人尖锐的气势。他的眼角上扬,脸庞线条很流畅,眉毛不浓不淡,嘴唇起皮严重,连梦里都蹙着眉。

他这副模样很招同龄人喜爱,可惜现在他穿着病号服,腿被吊起来,石膏打到了膝盖处,这副模样看着着实有点儿凄惨。

从前沈乘风和这小子天天针锋相对,没少互相谩骂,真没仔细打量过这小子,更没和他平静地坐下来谈过事,都怪这人实在太欠揍。

沈乘风看完人刚想走,结果李璟深就睁开了眼,看着他的眼神很奇怪。

李璟深眨了眨眼睛,眼神逐渐清明起来,说:"昨天做梦,梦见你抽我,没想到今天又梦见了。"

沈乘风:"……"

李璟深侧了侧头重新闭上眼睛,姿势相当懒散:"抽吧,抽完让我去当保镖,什么都好说。"

8

沈乘风的拳头硬了,他一巴掌把李璟深扇醒:"疼不疼?是不是做梦?要不要再来一下?"

李璟深还有些迷茫,右脸轻微泛红。沈乘风没下多重的手。

李璟深抬头看着沈乘风,声音沙哑低沉,像在埋怨:"叔叔,你总算来了。"

沈乘风摁开墙壁上的灯的开关后,坐在旁边的一张病床上环视四周,开始扯开话题:"封运居然让你一个人住双人房,真够浪费的。"

"……"

"你小子还挺受欢迎,住个院的工夫,有人送这么多花给你。"沈乘风瞄了几眼花里面的卡片,"行啊你,魅力不小。"

"都是同班同学。"李璟深的喉咙有些犯痒,他伸出手拿抽屉上放着的苹果,然后抛给沈乘风,神情相当敷衍地说,"削一个,我想吃。"

"你让我给你削苹果?你……"

一句脏话被堵在了喉咙口,沈乘风笑容很假地说:"削,削,削,让你见识一下什么才是真正的刀法。"

于是一个奇丑无比、外表坑坑洼洼的苹果被塞到了李璟深的嘴边。沈乘风也很尴尬,表情威胁地说:"你吃不吃?"

李璟深盯着沈乘风,居然久违地笑了笑,像个讨好大人的小孩儿,说:"吃。"

"这还差不多。"

李璟深心情大好地吃完了苹果。沈乘风还在旁边有一句没一句地向他灌输心灵鸡汤。

李璟深把苹果核上的果肉都吃光了,优哉游哉问:"说完了吗?"

沈乘风沉默了一会儿,决定再抽一下李璟深的左脸。他两边脸上的痕迹不对称,沈乘风看着非常不舒服。

225

"说完了，所以你听明白了吗？"

李璟深面无表情地盯着天花板，默默地掐自己的大腿根，希望能痛出眼泪来。但是，完全不够痛。

演小可怜也是需要演技的，他压根儿没有，于是再次恢复成那副欠揍的模样，说："听不懂，也不想听。"

沈乘风立刻火冒三丈，想骂人，但硬生生地忍住了："你刚成年就想进我的公司当保镖，万一出了什么事，我怎么跟你爷爷交代？你是个大学生，是祖国的花朵，就该老老实实地上学才对。你固执个什么劲儿？少发疯成不成？"

李璟深淡淡地注视着他，说："我只想做自己喜欢的事。"

沈乘风彻底失去耐心，站起身将之前削苹果的刀插进李璟深的枕头里，居高临下地说："你现在还要吃家里的，用家里的，住个院都要向学校请假，别说当保镖了，你连社会的门都没进，自己好好想想吧。"

那柄刀穿透了枕头，威慑力很足，可更让李璟深兴致勃勃，想和沈乘风一决高下。他摁了一下病床的手柄，让床板的前部分立起来，半靠着枕头说："你看不起我，这是应该的，因为你一点儿都不了解我。

"我爸妈分居两国，一个在非洲援助难民，一个在很危险的地方当中文老师，他们为自己的事业奉献了一辈子，对我唯一的要求就是成为一个对社会没有危害的人。我从小跟着爷爷长大，他教我读书写字，可我通通不喜欢这些。我以前想当一名空军，可他拦着不让我去，说我不够冷静，成不了大事。前年那项心理素质的报告证实了他说的话。"

李璟深把刀从枕头里拔出来后,握在自己手里旋转,丝毫不害怕被刀刃伤到,平静地继续说道:"那是我第一次失败,而遇上你是第二次。沈叔叔,我和你一样,是个不达目的不罢休的人。年轻不意味着我没办法自己做主,也不意味着,我之前的那些话都是在跟你开玩笑。

"第一次见你,我打心眼儿里觉得你不是个好人,一半是由于忌惮你,一半是因为我自卑。但我不会崇拜你,因为我早晚会超过你。"

沈乘风自恃没耐心,也没什么同理心。每个人有每个人的活法,谁又知道谁经历过什么事?

人海茫茫,泾渭分明的道路,也偶尔会有重合的部分。

沈乘风欣赏李璟深这副野心勃勃的模样,很像年轻时候的自己。

"说了这么一堆,我照样不想了解你,但我也不会瞧不起你。年轻有年轻的好处,你是像我,一旦想要某样东西,无论如何都要得到。行了,李璟深,我等着看你几年后能成为什么样的人物。"

沈乘风说完就起身离开了。

于是第二天,封运一大早就看见老板在办公室里烦躁地走来走去,满脸阴郁,还时不时低声骂人。

然后他就被盯上了。

沈乘风一步步走近封运,问:"你是不是和那小子说了什么话?"

封运怂了,连忙否认:"我什么也没说。"

"所以你究竟说没说?"

"我只知道李璟深在酒吧洗杯子的时候,向那些员工打听过您从前的事……"封运一股脑儿地把所有人都给卖了。

"还有什么事瞒着我？"

封运忍不住咽口水："老板，其实，姓李的小子很会装。"

沈乘风眯起眼睛。

"住院的这些日子，他没少坐着轮椅举哑铃，还能单腿抬起做横扫腿的动作，骨折算什么？完全不影响他活蹦乱跳。"

沈乘风："……"

杀千刀的李璟深。

翌日，李璟深满脸苍白地坐在轮椅上，被封运推着出院。

这副虚弱的样子是他故意两天没吃饭活生生饿出来的。

停车场里停了辆加长版林肯，沈乘风坐在里面吃柠檬，表情难看得要命。

李璟深被封运搀扶着上了车，还有空来一句："叔叔，车身该洗了，上面溅了不少泥点。"

沈乘风差点儿把手上的柠檬砸到李璟深的脸上。

论欠揍，世上真没有比李璟深更欠揍的人了。

封运不再吭声，迅速爬到前面的副驾驶座上，和司机一块儿闭上嘴，当自己不存在。

车里暂时安静了几分钟。

李璟深盯着外头，说："这不是去我学校的路。"

沈乘风给高脚酒杯里倒了些红酒，姿态相当高傲，睨了一眼李璟深，满嘴跑火车："这是把你卖去非洲挖煤的路。"

"哦。"

李璟深淡定得很，继续保持脸色惨白的状态，手还时不时故意颤抖几下。

"怕了？"沈乘风问了一句。

"怕？"李璟深盯着沈乘风的脸，语调上扬，"会怕那就不是我。"

"小王八蛋。"沈乘风刚骂完，李璟深就幽幽地回嘴："大王八蛋。"

"你骂谁呢？"

"骂你。"

沈乘风气急败坏地想揍他，结果李璟深迅速躲开了。他这快速的反应力和病号一点儿都沾不上边。

沈乘风当即恼羞成怒地把他连人带轮椅都丢了出去："敢装模作样地耍我，自己从这儿走回学校去吧。"

此时车开到了郊区的一片密林处，人迹罕至，可以说是个鸟不拉屎的地方。李璟深坐在轮椅上，表情有些难看。

沈乘风乘车扬长而去。

他在郊区有栋专门用来钓鱼的别墅，到了别墅后他就爬上天台拿着望远镜看李璟深现在的惨状。

封运在旁边看老板的这副模样，有些不解。

万万没想到，沈乘风一边看一边骂："这小王八蛋不知道那轮椅是我买的全自动的款式吗？几万块钱的东西，他就这么丢了？

"真当自己是超人？打着石膏还能跑？

"摔了！摔了！封运，你快过去把他扶起来。"

沈乘风纠结得要死，不知道自己从哪儿冒出来的良心在隐隐作痛，又说："算了，把人连带着轮椅给我带回来。去，去，去，赶紧去。"

老天爷可能也看不下去了，没一会儿天上就乌云密布，下起了雨，一时间沈乘风脸上的表情十分复杂。

　　之后，李璟深相当狼狈地躺在车上，衣服全湿了，闭着眼，似乎在睡觉。

　　沈乘风这次坐在副驾驶座上，心情并没有变好。折腾了李璟深一番，他一点儿也不高兴。

　　犹豫半天，他才没好气地问："死了没？"

　　李璟深闭着眼回答："还没。"

　　"没死就成。"沈乘风烦躁得很，说，"你这副样子不方便回学校，送你去你爷爷那儿，我也没法儿交代。"

　　李璟深嘴角上扬，睁开眼，一下就精神了，说："要不然你带我回你家吧。就一个晚上，看我这么可怜，你收留收留我？"

　　沈乘风："……"

　　沈乘风心想：瘸了腿的小王八蛋应该造不成威胁，要是这人敢惹自己，他也正好打一顿出出气。

9

　　回去的路上，沈乘风还是和封运换了位置，坐回了李璟深旁边。

　　天色逐渐暗沉下来，雨后空气潮湿，但丝毫不影响文南市热闹至极的夜生活。

　　路过李璟深学校后面的远近闻名的酒吧一条街时，碰巧沈乘风的手机外放,有人在汇报支出和收入。他瞥了一眼李璟深,问:"看我干什么?"

李璟深确定自己没听错,这些名字异常熟悉,敢情那一条街的酒吧都是沈乘风开的。他表情复杂地说:"奸商。"

"无奸不商这句话,你没听过?"

"听过。"李璟深想起室友说起那些酒吧在各大节日时搞促销活动,最碰巧的是面对面的酒吧,保准价格一家比一家低。

现在他才明白,敢情这些酒吧都是一个老板开的。

"但没见过比你更奸的。"李璟深说。

沈乘风对"奸商"这两个字异常青睐。他心情尚好,侧头看向车窗外,说:"那我再告诉你,西北方向最高的那栋写字楼也是我的。这地方寸金寸土,整个商业区,没我就建不起来。"

李璟深说话的语气很平淡:"不是你,也会是别的有钱人。"

沈乘风抬手抽李璟深的胳膊:"会不会说人话?"

"怎么又打我?"

李璟深还有脸问这话?沈乘风蹙眉:"谁叫你欠揍?"

"疼。"

沈乘风:"疼不死你个小王八蛋。"

李璟深没辙,老老实实地挨打、挨骂。

而司机和封运纷纷陷入怀疑人生的状态中。

这一路两个人打打闹闹的,总算是到了。

摁电梯之前,封运接了一个电话,满脸喜色地说:"莎莎答应我去约会了。老板,我先走了。"

沈乘风还没来得及答应，封运拔腿就跑了。

李璟深坐在轮椅上，一副大爷似的做派，支着头对沈乘风说："叔叔，麻烦推我进去。"

沈乘风盯着电梯门看了三秒钟，高傲地说："求我。"

李璟深和沈乘风再次大眼瞪小眼。两个人都对彼此不爽，齐齐扭头冷哼。

碰巧隔壁的电梯打开门，邻居走出来看，乐和地说："哟，老沈，和侄子又吵上了？"

沈乘风连忙把李璟深推进电梯，急忙否认："没这回事。"

"没吵就行。"邻居的笑容颇有深意，他对李璟深来了一句："对长辈还是要放尊重点儿。"

李璟深"嗯"了一声："知道了，伯伯。"

邻居脸上的笑容顿时僵住。伯伯？怎么听上去比叔叔更老点儿？

沈乘风差点儿没憋住笑。电梯门关上，他的脸上立刻绽放了一个灿烂的笑容。

李璟深明知故问："你很高兴？"

沈乘风立刻冷下脸来："高兴什么？我烦你都来不及。"

"这样啊，真让我伤心。"李璟深说话时语气虚伪，表情做作。

"所以你还想怎样？"沈乘风推着李璟深出了电梯，"我收留你一晚上已经相当给你脸了，你再嘴欠，我就把你扔出去，让你自生自灭。"

"……"

"怎么哑巴了？"沈乘风对着门输密码。

"……"

232

李璟深闭着眼睛坐在轮椅上,难得觉得有些尴尬,语速很慢地说:"叔叔,你会做饭吧?"

沈乘风把门推开:"还和我装?"

他扭头刚想给李璟深来一巴掌,万万没想到,这时李璟深的肚子响了。

空气寂静了几秒钟,沈乘风表情狐疑地问:"封运没给你饭吃?"

李璟深低头,声音很闷:"我故意没吃……"

沈乘风反应过来后没忍住笑,顺便嘲讽道:"真是搬起石头砸自己的脚。世界上怎么会有你这么蠢的人?"

说是这样说,晚上客厅的钟表走到八点时,沈乘风烧完开水,就把屋子里最便宜的一桶方便面泡了,是经典的红烧牛肉口味。

"赶紧吃,我反正不会做饭,你不吃就等着饿死吧。"

丢下这句话后,沈乘风心情大好地切了一个柠檬,开了一瓶威士忌。

太解气了,他总算让小王八蛋吃了个大亏。他当即推开冰箱,把里面储藏的卤牛肉热了。

一边喝酒,一边吃肉,真是人生极乐之事。

李璟深坐在轮椅上,捧着一碗方便面。沈乘风拿着刀叉在餐桌边一边喝酒,一边吃牛肉。

客厅的大电视在放乒乓球赛,沈乘风完全被比赛吸引,完全忘记还有个李璟深在这里。

"叔叔。"

沈乘风听见了喊声也当没听见,继续喝一口酒,然后吃一口牛肉。

牛肉是从宋怀文的店里买的，十分美味，他蘸点儿酱油、醋和芥末，实属一等一的下酒好菜。

沈乘风扎起的脏辫散落开来，脸上不再挂着假笑，额间的碎发被撩到后头，神色认真地看着电视。

在外面永远光鲜靓丽、高高在上的人，回到家后就变得不修边幅，姿态懒散。大拇指上的蓝宝石戒指被随便乱丢在沙发缝里，身上的西装也换成了舒服贴身的家居服。

沈乘风穿着一件米色的宽松毛衣，气质温和了许多，还时不时跟着比赛一起呐喊。

李璟深从未有过和沈乘风这么和谐共处的时候，哪怕被他忽略，也没气恼。

比赛结束，沈乘风拍手叫好，准备把餐盘扔到洗碗机里去。他总算想起有个李璟深在这里，蹙起眉走过去问："吃饱了没？"

李璟深摇头："没。"

"没吃饱就对了。"

沈乘风笑眯眯地转身走进厨房，右手拎着威士忌酒的瓶子。

李璟深趁着这个工夫，自己站起来把方便面的纸桶丢进垃圾桶里，里面的汤水一滴不剩，勉强够他果腹。

李璟深又被沈乘风丢在客厅里一个小时。

没过多久，沈乘风泡完澡穿着白色睡袍走出来。他已经洗漱完，神情慵懒又安逸，顺带瞟了一眼李璟深，说："你要不今晚就在轮椅上睡，我看挺好的。"

李璟深摇头拒绝："不要。"

"那你搁这儿当哑巴呢?你早喊我给你挪下来不就完了?"沈乘风嫌弃地说,"一点儿都不知道变通,从前的聪明劲儿拿去喂狗了?"

好一个恶人先告状,李璟深只能伸出手说好话:"叔叔,帮帮我。"

"这还差不多。"沈乘风走近李璟深,有些嫌弃地拍开他伸出的手,直接蹲下身一把将李璟深扛在肩膀上。

李璟深:"……"

沈乘风一边扛一边骂骂咧咧地说:"重死了……"

客房里十分干净整洁,床铺上压根儿没有人睡过的痕迹。

沈乘风喘着气把李璟深扔到床上,自己也坐在床尾歇息,还不忘警告他:"你个小王八蛋,以后要是再敢和我蹬鼻子上脸,你看我整不死你。"

"知道了。"李璟深说。

沈乘风:"赶紧去刷牙洗脸。"

李璟深:"……"

沈乘风催促道:"差点儿忘了你现在瘸了,还得我扛你去。赶紧的,别浪费我的时间。"

李璟深迅速站起来,单脚跳着去了洗浴间。

沈乘风跟在李璟深身后没忍住笑了。

李璟深用沈乘风柜子里的新牙刷洗漱完毕。

难得气氛还算融洽,两个人没有互相谩骂和掐架,但也就和谐了不到十几分钟。

李璟深洗完澡路过酒柜的时候好奇,想看看到底是什么牌子的酒能值那么多钱。结果沈乘风也凑巧探出头，还以为这个小王八蛋打算报复，想一次性把他自己的酒柜砸了。

沈乘风于是再次和这个小王八蛋打了一架。

翌日，李璟深的额头上缠着绷带，脸部的瘀青和擦伤涂满了碘酊，形象狼狈不堪。他本人却十分坦然淡定，眼角眉梢都透着得意之色。

他的小腿原本已经可以走路了，现在伤口再次裂开，得重新打上石膏。

医生弄完后皱着眉嘱咐道："小伙子，出院前我嘱咐过你不能剧烈运动，你倒好，刚卸下石膏就又打上了。幸亏这些都是皮外伤，打你的人也没真下重手，要不然可要动大手术。年纪轻轻少打架，得爱护好自己的身体，身体才是一切的本钱。"

李璟深回答："会的，谢谢医生。"

医生出去后，封运刚好缴完费回来，还提着李璟深的腿部拍的片子。

封运之前把片子拍了照发给了沈乘风，对着李璟深"啧啧"地摇头道："你可真行，又干什么事惹他生气了？"

李璟深盯着病房的天花板，舔了舔干涩的嘴唇："没干什么。"

封运对着李璟深拍了一张照，再次发给沈乘风，并低头发短信："老板，这小子现在半死不活的，刚进手术室，听医生说可能要截肢。"

封运把手机扔给李璟深："就当你发的，跟我可没关系。咱们赌五百，老板三分钟内会打电话过来。"

李璟深看完信息内容后笑着说："赌五千，三十分钟内他会来这里。"

两个人都觉得自己不会输钱，可谁也没想到，沈乘风此时正呼呼大睡，压根儿没机会看手机里的消息。

直到夜里，沈乘风悠悠醒来后，看到了手机里的消息。他反应了一会儿，脸上的表情错愕又茫然。

沈乘风心想：不至于，应该不会，他也没用多大的力呀。

万一他真下重了手，被老李知道，那可不得了。

沈乘风很快冷静下来，觉得确实不可能这样。他动手时心里有数，李璟深根本不会严重到截肢这一步。

沈乘风半眯着眼睛思索片刻，随后给医院的医生打了个电话。

三分钟后电话被挂断。

果然一派胡言，李璟深想糊弄自己，糊弄一次两次就算了，想糊弄自己第三次，门儿都没有。

沈乘风寻思着该把封运这个吃里爬外的人调去外省当训练员。

外头天黑了下来，城市陷入霓虹灯的灯光里。李璟深转了五千块钱给封运，封运转了五百块钱给李璟深。

封运赢了钱后回家给莎莎做饭，病房里就剩下李璟深一个人。

李璟深摊开手，看外面放的烟花，眼底像一池化不开的浓墨。

李璟深最终还是给沈乘风打了个电话。虽然他没有把握对方一定会接。

果然电话很长时间都没被接通。

电话被接通后，沈乘风发出低哑的声音："还活着呢？"

李璟深嘴角上扬："当然。"

"怎么不截肢了？"沈乘风看着卧室的落地窗外的风景。

"得留着腿给你当保镖。"

沈乘风继续冷嘲热讽："可别，你还是滚回去给尧驯当保安吧。我庙小，供不起你这尊大佛。"

"好。"李璟深又说，"等来年暑假我就辞职。"

"你辞职关我什么事？"

"叔叔。"

沈乘风沉默了一会儿，没好气地说："说。"

"别生我的气，我没那么坏，以后还得拜托你多指点指点我。"

沈乘风忍了又忍，说："行了，看见你我就一肚子火。"

李璟深"嗯"了一声，然后主动挂断了电话。

后来沈乘风憋不住了，穿上衣服就去了人民医院。

病房里李璟深闭着眼睛，沈乘风的脚步声很重，很快就夺门而入，说："你又花我的钱，一个人住一间病房！真是钱多给你烧的！"

"看什么看？小王八蛋！"

沈乘风刚说完，李璟深就睁开了眼睛，真诚地问："叔叔，等我的腿好了，能给你当保镖吗？"

番外六
养鹅基地

"尧总,您老家的希望小学建完了,想着请您去剪彩呢。"

"不去,不去。我最近不小心把腰闪着了,动不了了。再说别整这些,食堂一定要让学生们吃好喝好;来支教的老师,工资也得开高点儿。"尧驯扶着老腰在阳台上看鹦鹉,补充说道,"对了,楼下的保安跑去跟着沈乘风混是几个意思啊?"

秘书罗娜擦了把汗,说:"沈先生说他那儿正缺人,还说咱们公司反正也没几样贵重东西,不需要那么多人看门。"

"有道理。"尧驯补充道,"记住,五险一金必须让他去交。"

罗娜连忙说:"好,好,好。"

宋怀文在一旁晒衣服,洗衣粉的香味很好闻,窗外大雪弥漫,又是一年的冬天。

尧驯挂掉电话后习惯性地把额发往后撩,头发有些遮挡住了视线,问:"我要不要去剪个头?"

"挺好的。"宋怀文说道,"看尧哥喜欢短一点儿的还是长一点儿的。"

"这玩意儿快能绑个鬏鬏扎在后脑勺儿上了，跟沈乘风的发型差不多，像个非主流，我才不要。可我怕碰上去年那个杀千刀的理发师，又被剪成个狗吃屎一样的发型。"

"那就留着，怎么样都好。"宋怀文拿起水壶浇花。

尧驯玩心大起，将水壶抢走乱喷。宋怀文在旁边无奈地摇头。

日子过得又快又充实，文南市越来越繁华，曾经的老城区也在修缮变好。尧驯依旧没变，还是那个骑着电动车走街串巷的暴发户，爱吃糖葫芦，爱逛小吃街，不过买小吃的时候基本都会给宋怀文带一份。

兄弟嘛，总是互相惦记着对方。

很快春节便到了，尧驯嘴上说是不去，实际上必须得亲眼去村里看看才放心，索性年也在老家那边过了。

利山县是山区里的山沟沟，还没脱贫，更何况是山沟沟里的黎西村。尧驯捐钱修路建学校，就是想带着老家一起发展起来。

他愁得整夜睡不着，努力想规划出个好办法来。

"学校建好了，村里的马路变宽了，交通也发达些了，老人带着小孩儿就不用走山路花几天几夜去县城里寄宿上学。"尧驯记得小时候泥泞的山路，虽然路上有蝴蝶和蚂蚱，可确实辛苦，"寄宿费、生活费都贵，那时候上学可太难了，榨菜放罐子里只够吃一周的。"

宋怀文用电脑查阅了许多资料，轻声细语地说："校医院也不能少，学生生病得有地方医。"

尧驯点头说道："那是必须的。"

"尧哥，我想着村里只剩下老人和小孩儿，是因为大环境导致有劳动能力的人为了养家糊口，只能选择外出务工，我们要在村里提供就业机会才能留住年轻人。"

"靠山吃山，靠水吃水，可我老家的水稻种植地面积都小……我一时半会儿还真想不到能干些什么。"

宋怀文将电脑上鲜红的字递给尧驯看——"绿水青山就是金山银山"。

尧驯拍了拍自己的脑袋："池塘能养鱼、养青蛙、养鸭子，再不济养大鹅也行啊。开个养殖基地还挺合适的。"

经宋怀文这么一提醒，尧驯心里便有了个大概的计划。

说干就干，年轻人总是热忱，而这个时代不会辜负每个热烈真挚、愿意为家乡无私奉献的人。

回老家的火车只有市区的火车站才有班次，两个人下了火车去县城还得坐班车，坐完班车打个摩的才能进村。

这不是宋怀文第一次去尧驯的老家，但每次去都会收获新的趣事和风景。尧驯买了玉米和烤红薯，两个人吃到一半，旁边车厢的小姑娘突然好奇地探出头。小姑娘没有嘴馋玉米和红薯，反而腼腆地夸宋怀文："哥哥，你真好看。"

宋怀文笑着回答："你也好看。"

小姑娘扎了两根麻花辫，又去偷看尧驯，鼓起勇气说道："叔叔，你真帅气。"

尧驯吃红薯都觉着不香了，看向宋怀文年轻清俊的面容，再摸摸自己这张成熟的糙汉脸，语气疑惑地复述了一遍："叔叔？"

小姑娘点头："妈妈说有小胡子的都是叔叔，没胡子的都是哥哥。"

宋怀文笑出了声。尧驯当即把红薯塞给宋怀文，故作凶狠地瞪了他一眼，接着坐起身，拿出随身携带的刮胡刀去卫生间开始刮胡子。

没过多久，尧驯回来后，小姑娘立刻把糖送给他，说："哥哥，你真俊。"

尧驯心满意足地把糖收下了，再递上一个最大最甜的玉米给她："两个哥哥送你的，小心烫啊。"

小姑娘的妈妈闻声而来，连声感谢。

听尧驯说要回老家干实事，中年女人忍不住竖起大拇指。

"妈妈，我也想像哥哥们一样，让农民伯伯们挣好多好多的钱。"

中年女人温柔且有耐心地牵起小姑娘的手："好，等乖乖长大以后好好读书……"

绿皮火车一齐带着无数旅人的盼望开往故乡。

尧驯看到这对母女的背影突然想到了自己的母亲，和宋怀文说："自从那次她入梦来看我，问完我过得好不好、娶没娶老婆后就再也没来过了。我寻思是她、爸和弟弟都一块儿在那边好好生活，叫我放心，别老想他们。"

宋怀文陪在尧驯身边细心地安慰他，很快逗得他哈哈大笑。

车窗起雾，尧驯在上面画了许多火柴人，还在每个火柴人的脸上都画出了笑脸。宋怀文也站起来在车窗上画了颗星星。

老人都说死去的人们会化作星辰庇佑子子孙孙，大家最终会在银河里相聚。

尧驯真切地觉得自己再没有孤单过，红薯的甜意在口齿中蔓延。他们肩并肩在绿皮火车上睡去。

火车掠过平原、田地和丘陵，日落后是黑夜，黑夜结束就会迎来日出。

广袤无垠的大地被薄雪覆盖，瑰丽的朝阳散播着热意，尧驯愣愣地看着这一幕。宋怀文也醒着，两个人扒在车窗边，琥珀色的瞳孔里映着太阳的微光。

"好看吗？"

"好看。"

"树下拴的是牛，刚刚路过的那片是白桦林，等会儿能看见许多许多座山，山的尽头就是我家。"尧驯轻轻拍了一下宋怀文的头，说，"还有十分钟就到站。"

宋怀文去收拾行李，顺便提醒尧驯多穿点儿衣服，下了火车会冷。

宋怀文的话尧驯哪能不听，老老实实地裹得和粽子似的。下车后人群熙熙攘攘，出站口有许多出租车和摩托车司机在招揽生意，"去哪个县""多少钱一人"的乡音此起彼伏。

尧驯和宋怀文决定去坐班车，因为上次来的时候遇上了"杀猪盘"，五十块钱的车费他们硬生生付了一百块钱才让下车。

宋怀文笑起来的样子内敛又欢喜："我记得那是你第一次砍价没有砍赢别人。"

"姜还是老的辣，你尧哥我还是太年轻。"尧驯无奈地认输，下一秒仿佛看见什么有趣的事情，拖着行李箱突然跑起来。

宋怀文连忙追上去。

尧驯停在一棵树下："看，鸟窝。"

宋怀文面露好奇之色："什么鸟的窝？"

"不告诉你。"

宋怀文沉默地看向尧驯，手放回自己的口袋里，低头似在等一个答案。

尧驯没办法，笑得开怀热烈，说："因为我也不知道。"

他们挤上摇摇晃晃的班车，一个多小时后才到县城。

春节的气息已经笼罩着小城，路边都挂起了红彤彤的灯笼，利山县的人会在除夕的前一天晚上举办盛大的赶集会，会上有放鞭炮的，有放烟花的，还有不少民间手艺人唱皮影戏、舞狮，热闹非凡。

尧驯和宋怀文带的行李不多，洗漱用品得跑去小超市买现成的。

尧驯说："牙刷一人一支，毛巾我带了，去年的拖鞋被鸭子咬出了个洞，咱们都得再买一双。"

"好。"宋怀文问，"还要买什么？"

尧驯转去日用品区，县城的超市里什么都有，围巾、帽子、手套一应俱全。他将一顶东北老式毡帽往自己头上盖，耍帅般冲宋怀文摆造型。

"怎么样？"

宋怀文笑了一声："好看。"

尧驯秒懂，放下帽子语气失落地说："你笑我，那就是不好看。"

宋怀文还没说话，尧驯就迅速将帽子往宋怀文头上扔，大手火速摁下，将帽子戴好了。然后尧驯自己又戴了一顶帽子在头上。

宋怀文被尧驯推到大镜子前，两个人一个戴着浅色的帽子，一个戴着深色的帽子，齐刷刷都被对方的蠢样逗笑了。

买完东西后尧驯在超市门口和一个开拖拉机的大叔聊上了，递烟、问好、套近乎一条龙走下来,他们这下不用坐摩托车进村了。

"小伙子们抓紧,咱走着——"

轰鸣的拖拉机在道上加速,尧驯眼睛很亮,还兴奋地对着路过的田地吼了一声。

宋怀文也被他这股兴奋劲儿影响。惊起的鸟扑棱着翅膀,路过的人们看向他们,一切都是生机勃勃的。

尧驯身上那股真诚劲儿太难能可贵,好像无论遇见什么事,他都不会自怨自艾。而真诚的灵魂总会让人忍不住去帮他一把。

尧驯把一整包烟都塞给了开拖拉机的大叔,说:"谢谢叔,正月随便挑日子来我家吃饭,就村口大树下那家,我请你喝酒,好好感谢你。"

大叔笑眯了眼,嘴里叼着烟,头也不回地开着拖拉机走了,吆喝出的话中气十足:"必须的,后生。"

尧驯挥手表示再见,宋怀文也跟着一齐挥手。

拖拉机的小镜子上挂着两条鲜红的红布,祈祷来年风调雨顺、红红火火。

尧驯是这片土地养出的儿子,骨子里就充斥着热情与善良,他在此刻只是一个普普通通归乡的年轻男人。

推开那扇上锁的大门,去年贴的对联已褪色,尧驯放下行囊和宋怀文说:"咱们到家了。"

尧驯回来这事都没和邻居们说,直到老尧家的烟囱里冒出白烟,邻居才晓得尧驯又回来过年了。

叔叔婶婶们络绎不绝地带着自家腌的腊肠、白菜和风干的咸鱼

245

上门，村长儿子还特地砍了好些柴送来。

"大驯，别和咱们客气，你帮村里干了那么多事，这些东西都不算什么。"

"是啊，是啊。"隔壁的叔还送来一副对联，"我早早给你家多买了一份，寻思着你要是在外面忙，没能回来，等到了除夕我替你贴上去。"

尧驯以水代酒给一屋子的邻居敬酒。宋怀文负责收拾东西。最好玩的莫过于村南刘家的幺女，她给尧驯磕了个响头，接着奶声奶气地说道："大驯叔，新年好——"

尧驯连忙把人扶起来，宋怀文事先准备好的红包派上用场了。

一屋子人其乐融融，眼见夜深了，不好打搅尧驯和宋怀文休息，大家都起身打算各回各家了。

村长儿子走时还贴心地说："驯哥，大炕得多放点儿柴，烧久一点儿，睡觉才暖和。"

尧驯回："回去看路，别摔着。"

村长儿子小时候跟在尧驯屁股后面玩过，时间匆匆流逝如水，他也长成能独当一面的大人了，相当郑重地说："摔不了，驯哥修的路又宽又长，还有灯呢。"

"那就好。"

尧驯和宋怀文站在门前送他们离开，村子里晚上也不再漆黑，家家户户都亮起了灯，灯笼都用上了五颜六色、能发光的时髦款式。夜空繁星低垂，外面飘着小雪。

尧驯捂住嘴哈了口白气，冷得鼻尖发红。他看了看宋怀文脖子上的红围巾,再低头瞅了一眼自己脖子上的红围巾,笑呵呵地说:"二舅妈的手艺还挺好,真暖和。"

"谢谢舅妈和尧哥。"

"谢什么?"

宋怀文的眼底都是星光:"谢谢送温暖。"

他们关上门后,尧驯负责烧柴填火把炕烧暖和,宋怀文负责烧开水洗脸、洗脚,日子本身是平凡的,但人可以过得不平凡。

尧驯和宋怀文换上带来的厚厚的睡衣,泡完脚后就开始好奇,家里到底有多少地方结了蜘蛛网?

宋怀文拿竹竿去倒腾,尧驯在数,两个人乐得自在。

一看手机,晚上十一点了,两个人依旧没有睡意,就戴上丑丑的毡帽出门数星星。宋怀文指着天空如数家珍:"北斗七星在那儿,像勺子的那个。"

尧驯接话茬儿:"我小时候在山里迷路出不去,就是看它的方向才辨明东南西北的。"

"那颗是天狼星,最亮的一颗恒星。"

"确实好亮。"

宋怀文笑了笑,问:"还想知道其他星星叫什么吗?"

"饶命啊,完全记不住。"尧驯掬起地上的雪轻轻往宋怀文的怀里丢,两个人又打打闹闹起来,鲜红的围巾在风里飘出弧度。

旷野里自由自在,玩完后回家的人们可以钻进暖乎乎的被窝。

大炕得烧够一个小时才最暖和,他们也刚刚好出去了一个小时,炕头热乎乎的,睡得人直冒汗。

尧驯睡了一会儿就被热醒了。而宋怀文天生手脚比较凉,难得睡得安稳,侧脸蹭在枕头上,鼻息很规律。

尧驯自顾自地露出一个笑容。他又做了一个梦,梦里是挥手告别的母亲。

尧驯再没有什么不放心的事,过去孤身一人,现在不再是了,有了兄弟、朋友,一切都是好的。

他重新沉入梦乡,这次一定会做个好梦。

天亮了,公鸡开始打鸣,村子里养的狗在乱吠,还有鸭子和大鹅此起彼伏地唱着"交响乐"。

把头发睡岔开的尧驯在门前刷牙,想用冷水洗脸的时候,宋怀文接了盆热水送过来。

洗漱完,两个人开始吃早饭,边吃边讨论正经事。

尧驯:"还有两天就是除夕了,咱们趁着过年前去考察一下养殖场建在哪儿比较好。"

"好。"

"不少邻居散养了一些大鹅,一般都自己吃,很少拿去外头卖。过完年我得去县城找人来建养殖场,再把买卖市场打开。"

"我查过资料,一般养60至90天,大鹅就可以出栏上市。一斤十块钱,平均一只七斤,一般可以卖给食品加工厂和当地屠宰场。我们找好买家,顺便发展其他农产品。有了路子就有钱赚,有钱赚,大家在村子里也有工作。"

"没错,到时候再号召一下,争取慢慢把养殖场给稳定下来。"

两个人许多事是商量着一起办,有商有量,默契十足,还盘算着叫村长一起来商议,人多力量大,众志成城才能使得黎西村的未来越来越好。

经过两天两夜在山地、池塘和田里考察,尧驯和宋怀文问清楚了有多少人懂得如何养殖大鹅,有多少人在外务农的。建养殖场前他们还得先雇一批专业的工人进来,让乡亲们一齐学习一下专业的养殖知识。

这几天两个人辛苦也算辛苦,但更多的是高兴。

宋怀文在本子上记下密密麻麻的笔记,还画了简易的地形图,尧驯看了直夸他厉害。宋怀文腼腆地笑了一下,很多事能学,学会了能帮上尧哥就好。

除夕前天大雪纷飞,尧驯在村口大树上挂了盏红灯笼。习俗是要挂得高高的,人许愿就能成功。

宋怀文偷偷许了个愿,没告诉尧驯。尧驯闹了他好一阵子也没撬开他的嘴,没辙了,只好跟他一起坐上电动三轮车去县城里赶集。

县城被一条长长的河分为河东与老城区,放的各色烟花近乎可以把河岸照亮,人挤着人,热闹里藏着对新年美好的期望。

街道两边都遍布红色的塑料棚,里面大部分是卖小吃的摊贩,炸麻花、梅花烙、肉丸子、酱香饼让人眼花缭乱;也有不少卖衣服的小摊,大爷大妈们在讨价还价,一件一件的衣服被红塑料袋装着带回了家;更多的是来表演的手艺人,从变脸到舞狮,从打铁花到皮影戏,应有尽有。

尧驯带宋怀文去看舞狮,找了半天终于在转角处找到了,一群人把那里围得乌泱泱的。

小时候拉着尧驯去学这门手艺的老师傅已然坐在旁边看着，任由自己年轻的徒弟将狮子头舞得活灵活现。

一代传一代，文化不朽，手艺也没丢。

尧驯悄无声息地和过去的很多人与事重逢。他闻见一股气味，瞬间捂住宋怀文的耳朵。道路旁有年轻的小孩儿手拿着竹竿挑着鞭炮小跑。

"吓到了吧？"

"没有。"宋怀文脖子上的荆棘火焰文身在烟花下看来格外清晰，他左手上藏了根冰糖葫芦，轻轻递给尧驯，"刚才走散了一会儿，给你买的。"

"甜得很。"尧驯高兴地撕开包装纸就咬，"是不是比文南的庙会更热闹？"

"嗯，热闹多了。"

尧驯一路带着宋怀文逛集会，耍猴的比较闹，斗鸡的更激烈，还有表演魔术和杂耍的。两个人一路看过去，手上提着的东西也变多了。

置办年货，花生、瓜子、核桃少不了，尧驯买东西，宋怀文负责提。尧驯让宋怀文试吃了颗酸溜溜的梅子，问他："好吃吗？"

宋怀文嚼完，说："有点儿酸。"

"那就不买。"

大家赶集赶的是热闹，是人与人间一声声亲切的吆喝和问候。

尧驯和宋怀文沿着被烟花照耀得无比明亮的河岸一路离开，坐上邻居的三轮车，迎着风一起回到家。

除夕要吃顿象征着团圆的年夜饭，每家每户餐桌上必定有道"年年有鱼"，尧驯虽然不会做饭，但杀鱼是把好手，他十几岁进社会打拼的时候在菜市场当过帮工，什么活儿都干过。

宋怀文围着大红色的围裙，仿佛回到他们俩第一次见面的时候。尧驯看着他也笑了，时间如流水，可记忆犹新。

虽然年夜饭只有两个人吃，但是宋怀文打算做上满满一大桌的菜，一大早就开始生火。灶台的锅被烧得红彤彤的，炊烟也开始一簇一簇地往外飘，空气中弥漫着米饭扑鼻的香气。

宋怀文的口味更清淡一些。而尧驯有什么吃什么，完全不挑，除了不会吃鱼，老是被鱼刺卡喉咙外，其他没什么忌口的。

尧驯在厨房帮忙打下手，看了一圈，摸了摸下巴，觉得少了道硬菜。他打了个电话后，就拽着宋怀文去村长家的后山抓大鹅。

"尧哥，你走慢点儿！"

"跑起来更暖和，快来——"

山路旁的树枝光秃秃的，地上有薄薄的积雪，风声吹来，树梢上的雪落到地上，惊动了不少飞鸟。

尧驯跟撒野的猴子没区别，回到老家什么顾忌都没了，他悄悄从雪地里捞起一捧雪，揉成小雪球，转身轻轻扔向宋怀文的脚边："来玩——"

宋怀文也当即从树杈上捧起雪追上去。

两个人一路追追打打地玩打雪仗，最后脸都被冻红了，围巾里都有不少雪末。

宋怀文也是遇见尧驯后才恢复些小孩子心性，高兴便玩，不高兴便沉默看人。

他们玩累了干脆一起躺在雪地里看着寂寥的天空，万里无云，空气十分清新，耳边传来村庄里小孩儿扔摔炮的声响，一下又一下。

尧驯心想不好，果不其然，没一会儿就听见隔壁的婶婶骂骂咧咧的声音："敢扔盆里？小兔崽子，你别跑！把鱼炸死了吃什么？大过年的，非要挨揍是不是？……"

尧驯情不自禁地偷笑，笑完就和宋怀文说："我小时候也这么干过，然后被我妈追了半个村子。"

宋怀文侧头看他："被追到了吗？"

"没呢，我躲去了村长家，等我爹来叫吃饭时才回去。我妈没辙，看在过年的份儿上放过了我。等熬过了正月，再'大刑伺候'。"

宋怀文笑得眉眼弯起："然后下次还敢？"

"对，对，对，我小时候特皮，就是欠揍，一天不挨揍心里就不舒坦。"

尧驯伸手把宋怀文从雪地里拉起。两个人顺势拍干净各自衣服上的雪末，围巾、帽子一应俱全，裹得像粽子的两个人相视一笑。

等到走上山坡，面对二十多只雄赳赳气昂昂的大鹅，尧驯忍不住心里发怵，在栅栏边嘀嘀咕咕："再看，再看把你抓走炖了。"

路过的一只大鹅脖子微缩，盯着尧驯目露凶光："嘎嘎嘎——"

尧驯魂儿都被吓没了，他跑到宋怀文身后，说："我上辈子一定和大鹅有仇，每次来，它们看见我就不爽，这是什么道理？"

宋怀文护住尧驯和大鹅四目相对，没过一会儿，大鹅们迈着步伐气势汹汹地离开了。

"尧哥,没事了。"

尧驯刚松一口气,从宋怀文身后出来,抬头就和圈子里另外十几只大鹅大眼瞪小眼。他挤出一个干巴巴的笑容,努力面露友善之色,奈何天生一张成熟匪气的脸,根本友善不起来!

大鹅们齐刷刷地走向尧驯,隔着道栅栏虎视眈眈地盯着他。

宋怀文也顿感稀奇,看了看尧驯,再看看大鹅,依旧挡在尧驯身前,声音低沉地说:"尧哥,你把头露出来。"

尧驯把头露了出来,大鹅也仰起头。

"再缩回去。"

尧驯把头缩回去,大鹅也跟着缩头。

"再露。"

尧驯的心彻底凉透了:"它们是在学我?"

宋怀文点头:"是的。"

"那它们追我,也是因为我在跑?"

"嗯,很有可能。"

"可它们还龇着牙'嘎嘎嘎'地叫得那么凶……"

宋怀文笑眯眯地表示:"尧哥,你跑起来的时候也很喜欢边跑边说话。"

尧驯:"……"

一切谜团都被解开了。

虽然尧驯并不想承认这事,奈何铁锅炖大鹅真的好吃,上回小宋没吃到,这回说什么也要让他吃到。

尧驯鼓起胆子进入栅栏里,果然他走哪儿大鹅就跟去哪儿。他不说话，大鹅也不叫。

本以为事情的状况会好起来，他能轻轻松松地抱起一只大鹅回家。

奈何电光石火间，尧驯踩到了枯树枝，跌倒了。宋怀文连忙想去搀扶他，大鹅们也好奇地围了过去。看来好奇心是刻在动物的DNA里的。

尧驯被二十多只大鹅包围，表情茫然地坐在鹅堆里。

宋怀文压根儿挤不过那些个膘肥体壮的鹅。

两个人只能隔着鹅群四目相对。

尧驯哭丧着张脸。

宋怀文无奈又好笑地说："尧哥，你先站起来，慢慢出来，别出声。"

尧驯点头，捂住嘴，刚试探性地动了一下，就被一只大鹅踩住了脚。

一只就算了，其他大鹅也对尧驯相当好奇，踩过来踩过去，尧驯快憋疯了。

是可忍，孰不可忍！

尧驯想冲出鹅群，站起身瞬间起跑，大鹅们也被刺激到，一齐冲出栅栏，狠狠地追在他的屁股后面跑。

宋怀文茫然地看着一根根鹅毛从他眼前飘过。

围着后山有一大块菜地，尧驯在前面跑，二十多只大鹅在后面追。他逃，它们追，他插翅难飞。

"追就追，你们别扯我的裤子！"

"嘎嘎嘎个屁啊——你们是鹅，不是鸭——"

"救命，小宋！"

宋怀文没办法，捡起地上尧驯跑掉的帽子和围巾，哭笑不得地跟在大鹅的屁股后面追。

局面在宋怀文加入后变得更加鸡飞狗跳。

宋怀文护住身后的尧驯，一群大鹅把他俩团团围住，一副马上要展开搏斗的架势。

直到脖子上系着小红哨子的村长手持喇叭出现，他们才终于得救。

"叔，你从今往后就是我亲叔。"尧驯满脸通红，跑得上气不接下气，没忘记大声补充道，"带头的那只，就那只最凶，今晚就炖它！"

村长笑眯眯地说："好，好，好，等会儿我就让人把它送你们屋里去。"

除夕这天，尧驯还是没让宋怀文吃到铁锅炖大鹅，因为……村长送来的是只活生生的、精神百倍的大鹅。

宋怀文只能把大鹅先放在后院里。尧驯一朝被鹅追，十年都可能还被追，边吃饭边嘀咕："明天就把它炖了！"

"好。"

宋怀文给他夹菜。

年夜饭倒也热闹得很，家家户户都送来了一道菜，尧驯小时候也这么吃过百家饭。

他和宋怀文出门挨家挨户地敬酒，鞭炮声和烟花声响彻整个村庄。

零点的时候,宋怀文和尧驯在屋子后面堆雪人,大鹅也在旁边"嘎嘎嘎"地叫个不停。

"我妈之前就是这么教我的,用煤球当眼睛,用胡萝卜当鼻子,用水桶当帽子。"尧驯堆起来的雪人又大又壮,他将自己的围巾取下来给雪人围上了,"好了。"

尧驯看向宋怀文堆的几个雪人,数完后说道:"是不是宋阿姨、张叔、瑶光还有怀武?"

宋怀文含笑没说话。

尧驯也忙着玩,打火机一点,开始在自家的后院里放烟花。

在天空绽放的烟花象征着来年喜庆吉祥,祖祖辈辈放烟花的时候都在庆祝快乐美满的生活。

尧驯想,没有比现在更快乐美满的生活了。

黎西村的传统是大年初一贴对联。尧驯贴上联,宋怀文贴下联,用米粥做胶水,特环保节约。

他们挂起红灯笼的时候,村里的小孩儿好奇地跑来跑去,说尧驯挂的灯笼不能发出五颜六色的光,不够时髦!

"我家的灯笼还会唱歌呢。"

"唱的是'新年好,祝福大家新年……'"

童言童语特动听,尧驯给每个小孩儿都塞了红包。

尧驯转念一想,觉得也有理,时髦还是得赶。他立刻打电话找村长,问村里小卖铺有没有卖这种灯笼的。

村长的笑声中气十足:"有,有,有,还是因为你修路修得好,从县城里批发这些东西回来特方便。现在你东叔开的小卖铺里什么东西都有，米啊，油啊，除了一些大城市里的新鲜玩意儿不太全外，其余的都有呢。"

"那就好。"尧驯也高兴，将红灯笼递给宋怀文后就拉着人一起去小卖铺。

东叔的小卖铺一层做着生意，二层用来睡觉，逢年过节都不关门，因为村子里只有这一家小卖铺。

小时候尧驯会花一毛钱来找东叔买糖吃，一年只买一次，但东叔会悄悄地在他放学的路上往他的口袋里塞糖。

尧驯记得那颗糖在嘴里是什么滋味，特甜，记忆犹新。

两个人进门时，头发花白的东叔正擦拭着眼镜，再抬头看见了尧驯，面露喜色："来了，大驯。"

尧驯跟东叔握了握手，说："叔，新年好。"

"好，好，好，大家都好。"东叔一辈子没结婚，腿脚不好的原因是早些年要走山路去县城进货，夜里一不小心摔下山，落了残疾。

尧驯在外地漂泊打工的时候，挣的第一笔钱就是给东叔买了一辆电动的三轮车，方便得很，让东叔的小卖铺也得以继续经营下去。

宋怀文早早从尧驯那儿听说过这事，也和东叔握了握手。

三个大老爷们儿干脆开始喝起酒，聊天聊地。时代变迁着，但这些家长里短永远不会消失。

尧驯把心心念念的会唱歌、会自动转圈、能发出五颜六色的光的彩色灯笼买到手回家了。

大年初一，趁着天没黑，把灯笼高高挂起，尧驯带着酒肉，和宋怀文一起去了屋子后面的山丘。

尧驯的爸妈和弟弟就长眠在这里头。

年年清明节，村子里的人都会帮尧驯扫墓，所以墓前没什么杂草，干净得很。

宋怀文默默地陪着尧驯，想起去年打扫卫生的时候，不经意间在茶几下找到尧哥在几年前买的日记本，没想到一直保存着。

每年只有除夕的时候，尧驯才会在上面写一句话，而一笔一画写下的都是思念。

"我挣到了好多好多钱，可是再多钱也买不回你们。我高兴，也难过。"

"妈，你说你死后会变成保护神，保护我身体健康。我想我还没死，但我有了钱也能保护很多人。山里的小孩儿要读书，村里的大人要养家，没有学校，没有钱，就连路都没有，我想我知道该怎么办了。"

"好安静啊，你们在那边还好吗？我还挺想你们的，不过你们放心，我吃嘛嘛香，身体特棒，一定好好继续挣钱。对了，我大概是你们的骄傲吧。"

…………

尧驯很少哭，几乎所有的眼泪都在亲人去世的时候流干了。他这次磕头，流下的是喜悦的眼泪。

他从去年的趣事说起，从菜市场涨价的鸡毛蒜皮的小事，说到绿化带的变化，再到建起的新的桥梁……尧驯说累了就喝口酒，宋怀文也陪着他一起喝。

尧驯说到日暮西山时，大冬天的，居然有三只鸟停在山包前，好像那边的人们真的听见了召唤，来见尧驯最后一面。

尧驯伸出手把鸟放飞，眨了眨眼，一瞬间泪流满面："去吧，再见。"

宋怀文告诉尧驯，除夕晚上堆的雪人是尧妈妈和尧爸爸，还有幺弟。

"谢谢。"

"不用谢。"

正月初一的夜晚，尧驯坐在炕上写日记。

"灯笼挂的（得）特别好看，对联也很吉祥，年夜饭的那道鱼刺特别少，是小宋帮忙剔的。爹、妈，还有幺弟，你们放心。"

"养殖场开起来之后，村子会越来越好的，所有人的日子也会过得越来越好。"

错别字被宋怀文纠正后，尧驯就沉入了梦乡。

半夜，尧驯被大鹅的声音吵醒，睡眼惺忪地翻了个身："为什么又忘了把它给炖了？……"

宋怀文睡眠浅，低声回答："明天，明天一定记得。"

大年初二，尧驯忙着和开拖拉机的大叔拼酒，醉得不知道天南地北，又忘了吃铁锅炖大鹅这一回事。

日复一日，尧驯仍然和这只鹅对峙着。

"今天一定炖了你，信不信？！"

大鹅冷漠地扭头："嘎嘎嘎——"

尧驯皱起眉向宋怀文告状："我怎么感觉它和家里的那只鹦鹉似的看不起我？"

宋怀文笑了笑，不敢接话茬儿。

尧驯继续和大鹅大战三百回合，大鹅在院子里无能狂怒，尧驯躲在屋里的窗户边大声叫嚣。

很快就到了离村的那天，沈乘风特地打来电话："再不回来，我就要被你家这只破鹦鹉给骂死了，赶紧回来。"

"知道了，知道了。"

尧驯挂断电话后就和宋怀文开始收拾行李，毡帽不能丢，得戴着回去，红围巾也得都绑在脖子上……在出村的路上，父老乡亲们都来给尧驯送行，挥挥手让尧驯一定要多回来看看。

坐在拖拉机后面的尧驯也站起身挥挥手，让大家都回去，他一定会回来看大家。

送别本身很惆怅，然而最破坏气氛的家伙登场了，尧驯都要走了，还要被大鹅追。

原本还给村长的那只大白鹅冲了出来，身后还带领着鹅群死死地跟在拖拉机后面，气势汹汹地恨不得追出八百米。

尧驯哭笑不得："敢情上辈子我是鹅老大？"

宋怀文沉思后得出结论："有可能。"

开拖拉机的大叔也乐了，嘴里照样叼着根烟，脸颊上布满了沧桑的皱纹，迎风说道："舍不得你呗，后生啊，来年再回来看看，咱们这山好得很哪。"

"一定。"尧驯知道这儿有多好，问道，"叔，你村子里的路窄吗？"

"还成吧，就是有点儿陡。"

"明年您再走，绝对不会陡。"

尧驯言出必行，和宋怀文背起行囊坐上返回文南的火车。

260

宋阿姨打来电话问候，张叔顺嘴出声："小尧哇，多宝鱼还给你留着呢，没刺，就等你俩回来一家子一块儿吃咯。"

　　"好，好，好，马上回。"

　　山高水长，火车年复一年地驶向远方，尧驯和宋怀文齐齐注视着窗外，又要再看一次日出。

　　明年会有新的风景，新的旅程，尧驯和宋怀文也都有了真正可以遮风挡雨的家。

图书在版编目（CIP）数据

溺风 / 于刀鞘著 . — 武汉：长江出版社，2024.2
ISBN 978-7-5492-9332-2

Ⅰ.①溺… Ⅱ.①于… Ⅲ.①长篇小说－中国－当代
Ⅳ.① I247.5

中国国家版本馆 CIP 数据核字（2024）第 012369 号

溺风 / 于刀鞘 著
NIFENG

出　　版	长江出版社
	（武汉市解放大道 1863 号 邮政编码：430010）
市场发行	长江出版社发行部
网　　址	http://www.cjpress.com.cn
责任编辑	钟一丹
特约策划	鹿玖之　周　周
特约编辑	周　周
封面设计	吴思龙 @4666 啊
印　　刷	大厂回族自治县德诚印务有限公司
版　　次	2024 年 2 月第 1 版
印　　次	2024 年 2 月第 1 次印刷
开　　本	880mm×1230mm　　1/32
印　　张	8.25
字　　数	190 千字
书　　号	ISBN 978-7-5492-9332-2
定　　价	49.80 元

版权所有，侵权必究。如有质量问题，请与本社联系退换。
电话：027-82926557（总编室）　027-82926806（市场营销部）